# 父　Mon Père

辻　仁成



集英社文庫

# 父

# Mon Père

1

パパはどうしてあんなに頑固なのであろう。それは昔からもう十分に分かっていたことだ。ぼくが何を言っても、ほとんどの場合、non、とまず否定からはじまる。oui と同意するところでも、敢えて最初に、non、と口に出さずにはおれないあの性格、始末におえない。言わば否定形は彼にとって口癖のようなもの。健忘症の兆候が如実に現れはじめた昨年、一人暮らしをさせておくのが心配になり、

「昔みたいにまた二人で一緒に暮らさない？」

と提案してみたが、もちろん、oui を期待してのことではないにしても、大きな声で、non、と突き返されてしまって、予め用意しておいた言葉たちは喉元で固まってしまった。

パパが暮らすアパルトマンは、ぼくが生まれ育ったところ。およそ二週に一度の割合

で、ぼくはパパの様子を見に実家に顔をだす。そこにはまだぼくの部屋が残されており、ベッドや机や本棚、或いは学生時代の思い出の品々なんかが、当時のままの状態でぼくの帰りを待っている。夕食後、ぼくは自分の部屋に行き、小学一年生の頃から使い続けている鉄パイプ製のベッドに横たわる。重みでパイプが軋む。懐かしい過去へとダイビングするような感じだ。枕の横に薄汚れたぬいぐるみ、〝ノノという名前の小熊〟が転がっている。子供の頃はこれがないと眠ることが出来なかった。

「ノノ、元気（ça va）？」

と声をかける。昔は彼が話す甲高い声がぼくには聞こえていた。誰にも言えない心の内側をこの小熊にだけ白状することが出来た。パパにさえ決して見せたことがない涙をノノのお腹で幾度となく拭って、何かの欠落を埋めるような感じでぎゅっと抱きしめては眠った。仄かな思い出を反芻するたび、部屋に留まる懐かしい記憶の狭間に視線が潜り込む。机の上の写真立てには、生まれたばかりのぼくを抱える若かりし日のパパがいる。今の自分より一回りほど年上のパパ。ベッド脇の壁には二人きりになった後、世界中を旅行した時の写真が貼られてある。ママの写真はどこにもない。それらはベッドの下の小さなトランクの中に片付けられたままだ。そこに思い出を仕舞ったのはパパだけど、それを取り出さないで保管し続けたのはぼく。きっと、あの当時のパパへの配慮も多少あったのかな。時が流れ、幸せだった記憶はそれぞれの心の中の引き出しの奥へと仕舞い込まれ、そのままなんとなく忘れ去られることとなった。

＊

長年勤めた家政婦のパオラが七十五歳という高齢を理由に辞めることとなり、その日は、彼女が連れてくる若い移民の娘を面接するため、ぼくは仕事帰りに実家に立ち寄った。この四半世紀以上の間、週四日、パオラが澤凪（サワナギ）家の家事全般を司ってきた。「タフだけが自慢で」と言い続けてきたパオラだが、寄る年波には勝てず、今年中に祖国コロンビアに戻ることとなった。それでフランスに来たばかりの二十歳にも満たない若い移民の女を「自分の代わりに」と連れてきた。

このところパパが頻繁に健忘症状を起こすので、出来ればパオラに続けてもらいたかったが、こちらの都合で引き留めるわけにもいかない。若い女はイネスという名であった。フランス語はほとんど出来ない。ぼくとはスペイン語でやり取りしたが、父はスペイン語を全く理解しない。小柄でふっくらとした、健康そうな娘である。白い歯を見せつけるようにして屈託なく笑う。第一印象は悪くなかった。パオラの妹の孫娘ということで、

「親族のためにもぜひ雇ってもらいたい」

と頼み込まれた。パオラはモノを盗んだり、見ていぬところでサボったり、勝手に休んだりしたことは一度もなかった。

「一月間この子を指導し、私と何ら変わらぬよう仕事を覚えさせます。お父様の面倒もちゃんと見ることが出来るよう教育しますので」

とパオラは約束した。父の面倒、という言葉が決め手となった。イネスが、

「ムッシュ、よろしくお願いします」

と満面の笑みでお辞儀をしてみせたので、

「違う。君を雇うのはぼくじゃなく、タイジ・サワナギだよ」

と父を指差した。イネスは父に向かってスペイン語訛り（なま）のフランス語で同じことを繰り返すが、パパはただじっとイネスの顔を見つめるだけだった。

パパの体臭と積み上げられた日本の古い書物の黴（かび）臭さが混ざり合い、このアパルトマン独特の匂いを生み出している。湿りがちな空気を入れ替えなければならない。籠った匂いを外の新鮮な空気と入れ替えることが、家政婦の一日の最初の仕事であった。

＊

「そんなに若いの？　大丈夫なの？」

　母親のお下がりのポンチョを頭からすっぽりと被(かぶ)ったリリーが、いつものカフェの窓際の席に陣取り、オーベルカンフ通りの土曜夜の賑わいを眠そうな目で眺めながら言った。ぼくが黙っていると、リリーはこちらへゆっくり向き直ってから、大丈夫かな、ともう一度漏らした。テーブルの上のぼくの手に自分の指先を重ね合わせた。父のことを心配しているというよりも、もっと広い範囲の漠然とした不安から出た言葉であろう。双方の家族を巻き込み、二人の間には様々な問題が横たわっていた。少なくとも母がぼくの世界からいなくなったあの日以降「大丈夫」は消えた。ぼくの身辺は穏やかならぬ不安定な空気に支配され続けてきた。

「分からないけど、でも、仕方ない」

とぼくは告げた。仕方ない、という言葉は、大丈夫？　という疑問文からいつも生みだされる。大丈夫なものなどこの世界にはほとんどない。

「ま、なんとかなるわね」

とリリーは呟(つぶや)き、口元を軽く緩めてみせた。その時、携帯が鳴った。リリーの目が不意に動く。ぼくは素早く鞄(かばん)の中からそれを取り出す。

「充路(ジュール)。……すまないが、迎えに来てくれないか？」

　携帯から漏れ出るパパの声。日本語を理解しないリリーだが、表情が翳(かげ)った。パパは時々、一時的に記憶を喪失する。かろうじて、ぼくのことや、電話の掛け方は思い出せる。でも、自分が誰なのか、何をしているのか、なぜそこにいるのか、直近の出来事が分からない。医者は健忘症と宣告した。リリーは窓外へと再び視線を逃がすことになる。「仕方ない」と「大丈夫」のはざまで彼女は小さく嘆息を零す。

「パパ。そこから何が見える？」

「いや、何も……。見覚えのない暗い路地だ。街灯さえ点いてない」

「なんていう通りか分かる？　次の角まで行ける？　ビルの壁に、ほら、通りの名前が書かれた標識ない？」

「今、向かってる。そんな大きな声出すな。頭が痛くなる」

「カフェとか、目立つもの近くにないの？　そこ住宅地？」

「ない。……待て。遠くにホテルの看板が見えた。ibis」

「Hotel ibis?　どこのibis?　チェーンホテルだから、あちこちにある」

「通り名が分かった。ラニ通り。二十区だ」

リリーに顔を向けて素早く伝えた。リリーが携帯を開き、グーグルマップで調べはじめる。

「車が行き交うたび、……路面が銀色に光ってる。すごく寂しい場所だよ。どうしてこんなところにいるのかな。どうやって来たのか思い出せない……。充路？　おい」

「見つけた。環状線（Bd-Périphérique）の外側。ホテルもある。ほら、ここ」

リリーが指差す地図を覗き込んだ。

「パパ、分かったよ。外は寒いからさ、ホテルの中で待ってて、すぐ迎えに行くから。いいかい？　携帯を手放さないように」

ああ、と告げるなり、パパは電話を切った。リリーは訴えるような眼差しをぼくにぶつけてくる。大丈夫？　と彼女は自分に告げるような感じで呟いた。仕方ない、とぼくも自分に言い聞かせるような口調で言い残し、席を離れた。

＊

アフリカ系運転手の耳に白いイヤホンが挿さっている。行き先を告げてもろくに返事さえしなかったくせに、運転手仲間だろうか、或いは同じ国の出身者かもしれない、電話の相手とは時折笑い声を交えながら、客のことなどお構いなし、大声で親密そうに話し込んでいる。野太い声とアフリカ系専門ラジオチャンネルから流れる打楽器の音楽とによって車内は騒然としている。その上、香辛料でも積んでいるのか、と思いたくなるような独特の匂いが、ある種の滑り気を伴って車内を満たしていた。寒いけど、仕方なく、窓を全開にした。

華々しい中華街の光りが目を射る。ベルヴィルの坂道の両側にはアジア系のレストランやスーパーなどが軒を連ね、ぼくと同じ肌色の人たちが歩道を占拠していた。土曜の夕食時だからか、ものすごい人出だ。車道に溢れ出た人たちが通行の邪魔をするものだから、車のクラクションは途切れることがない。誰かがタクシーのボンネットを叩いたので、運転手が怒って窓を開け、手を振り上げながら叫んだ。ヒップホップの恰好をした若い連中だった。ふてぶてしく笑っている。運転手は怒りに任せてクラクションを鳴らし続けた。急いでいるのに、とぼくは思った。

Hotel ibis のロビーに父の姿はなかった。電話を切ってから二十分ほどが経過している。フロントには誰もいなかった。エレベーター脇のソファ席に座るアラブ系の観光客に、

「日本人の老人を見掛けませんでしたか?」

と英語で訊いてみたが、男は無愛想に肩を竦めただけ。通りに出て、きょろきょろと辺りを見回した。携帯を取り出し、パパの携帯番号をリダイヤルする。呼び出し音だけが空しく響く。携帯を握りしめたまま、ホテル周辺を探し回った。路地標識を確認するとパパが指定した通りではなかった。慌てて、ブルカを被った婦人を呼び止め、ラニ通りはどこですか? と訊ねた。婦人は木立ちの向こう側を指差し、もっとあっちじゃないかしら、と言い残して去った。交差点を渡っているとばしゃばしゃっと大粒の雨が路面を叩きはじめる。

「健忘症が治ることはないんでしょ？　君はこれからもずっとお父さんのことを心配しないとならないね」

リリーの言葉が脳裏を掠めた。

「そりゃあそうだよ。たった一人の親だもの。仕方ない」

僅かに苛立ち、語気を強めリリーに返した。

「ジュール。結婚したら、私も君のパパの面倒を見ないとならないね」

「大丈夫、それはぼくの役目だから。君に迷惑かけるつもりなんかないよ」

「迷惑をかけあうのが結婚じゃない」

とリリーは無表情な顔つきで言った。

街灯は一応点いているが、数が少なく、しかも歩道に聳える街路樹が邪魔して、辺りはぐんと沈み込み、暗い。隙間がないほどぴったり路駐している車のせいで歩道もよく見えない。道の中程を走りながら、建物のエントランス周辺や隣接する広場なんかを見回した。雨脚が強まる。時折、バスのヘッドライトによって濡れた路面が銀色に照り返した。左右は古い高層住宅で、その一室でパーティが開かれているようだ。騒ぎ声に交じって耳障りなループ音がシャリシャリと辺り一帯に木霊している。

パパの健忘症は一年ほど前から不意にはじまった。ある日、同僚たちとランチミーティングをしている最中に電話があった。どうしたの？　と訊いても返事が戻って来ない。

様子がおかしい。

「パパ、大丈夫？」

と問いかけると、

「思い出せないんだよ」

と低い声が鼓膜を擽（くすぐ）った。同僚たちから離れ、

「何が思い出せないのさ？」

と訊き返した。

「自分が今、なんでここにいるのか、ここがどこかさえも」

と言う。

「充路、すまないが迎えに来てもらえないか？」

その日からぼくは度々、仕事中であろうと、真夜中だろうと、パパを探しにパリ中を駆けずり回ることになった。今のところ事故や事件に巻き込まれたり、警察の厄介になるような事態には及んでいない。でも、たぶんそれも遠い先の話ではない。ほうっておくことは出来ない。もしかすると、命に関わる重大な問題を引き起こしかねないからだ。

目を凝らし薄暗い路地の先を見つめた。街路樹の傍らに人影が確認出来た。闇に紛れていたが、見覚えのある猫背の体軀（たいく）。降りしきる雨を見ているのか、パパはじっと動かず雨粒を顔で受け止め虚空を見上げていた。小走りで近づき、パパ、と呼びかけた。反

応は戻ってこない。彼の視線の先を目で追いかけた。降りしきる雨粒に街灯の光りがぶつかり、そこだけキラキラと、儚く美しく瞬いていた。このまま、パパの全ての記憶がなくなってしまうのじゃないか、と心配になるような心の不在、物悲しい佇み方であった。

*

「今日はここに泊まることにする。心配だし、あしたパオラとイネスが来るまでパパの様子を見て、大丈夫そうなら、そのまま仕事に行く」

パパを寝かしつけた後、自分の部屋のベッドに寝転がり、携帯の向こう側にいるリリーに向かって小さな声で告げた。

「それがいいわ。あ、そうだ。勉江が君に会ってみたいって。時間、つくれる?」

リリーは自分の母親のことをフルネームで呼ぶことがあった。フランス人は大統領のことをフルネームで親しみを込めて呼ぶ。同じように、彼女は敢えてフランソワ・ミッテランやジャック・シラクなんかのように強調する感じでミェン・チャンと連呼した。一族のリーダーを誇るような感じにも聞こえた。

「会って何を確認したいのかな?」

ふと思いついて、身体をひねり、床に手を突き、ベッドの下を覗き込んだ。子供の頃の捨てきれない玩具が入ったプラスティック製のケースの横に、車輪付きの子供用トランクが眠っていた。

「会ってみたいということはいい傾向ということじゃない？」

リリーの張りのある声が携帯から零れ出る。ぼくはトランクに手を伸ばした。

「ねぇ、聞いてるの？」

「聞こえてるよ。もちろん、会ってもいいよ。会いたいのなら。でも、ぼくと対面したら、その、驚くだろうね」

トランクを部屋の真ん中まで引きずり出した。鍵はかかっていなかった。あまりにも簡単に、封印していた過去があんぐりと口を開けたせいもあって、思いもよらぬ戸惑いが押し寄せた。思い出が、二十年以上もの長い期間、そこに放置されていたことになる。パンドラの壺かよ、と心の中で吐き捨てた。

「勉江はちょっと神経質だから、どういう反応を示すか想像出来ない。ジュール次第だと思う。うまくやれる？」

「うまくやるって、どういう意味？」

「うまくやるのよ」

トランクの中身はたぶんパパには捨てるに捨てきれなかった当時のママに関する品々

だ。編みかけのニット帽とか、手書きの料理レシピ、ママが描いたであろうぼくの似顔絵、なぜか手袋の片方とか、いろいろなものが押し込まれてあった。でも、そういった細々（こまごま）したものを除（よ）けると、その下から大量の古びた写真が出てきた。家族三人の写真である。公園の大きな木の下で撮影された一枚が目に留まった。知り合いか、たまたまそこを通りかかった誰かによって撮影されたものだろう。真ん中にぼくがいた。パパもママも笑っている。思いもしなかった衝撃が走り抜けた。ずっと隠していた自分の古い悲しみが、胸の中心で蘇（よみがえ）り、激しく暴れはじめ、どうしていいのか分からなくなった。

「だから、君の方から先に心を開いてほしいの。ママは間違いなく警戒してくるでしょうから」

ああ、と生半可な返事を戻した。無造作に仕舞われたに違いない、きっと怒りに任せてパパがそこに押し込んだであろう、数百枚の古い思い出たち。パパは当時、いったいどのような思いでこれらをトランクに押し込んだのか。そこに焼き付けられている当時のぼくは、赤ん坊だったり、三歳、四歳だったり、記憶にはない、もしくは記憶にあっても相当におぼろげな時代の、四半世紀以上前の幼い自分であった。でも、三人は幸せそうな顔をしている。パパもママも穏やかな、疑（うたぐ）るものが何一つない未来を一緒に見つめているような、素直なさっぱりとした顔つきであった。

「もしもし？　ジュール？　大丈夫？」

「リリー。昔の写真が出て来た。見たいわけじゃなかったのに引っ張り出してつい見てしまった。その、後悔？　奇妙な罪悪感みたいな感情に包まれている」

　数秒の間が二人の間に流れた。

「馬鹿ね、ジュール。そういうことを考えたらだめだってば……。過去は過去、それらの日々は、もう二度と戻ることのない時間の残滓なのよ」

＊

　クロンヌ駅とメニルモンタン駅とのほぼ中間地点、ベルヴィル大通り沿いにリリーの一族が経営するカフェがあり、そこで勉江と面会した。午後の授業が終わってすぐに飛び出したが、途中で花を買ったりしたせいもあり、待ち合わせの時間より十分ほど遅れての到着となった。薄暗いカフェの一番奥のテーブル席にリリー、勉江、そして、リリーの兄が座していた。勉江がゆっくりと立ち上がり、ぼくの顔を睨むような感じで見つめてきた。強い眼光はリリーにそっくり。口を結び、眉間に力が籠り、背筋は伸び、大樹のように凛としている。想像していた通りの、いや、それ以上に屈強な意志を持った女性に違いない。近づき難く、ぼくはテーブルの少し手前で速度を落とし、ついに、立ち止まってしまう。リリーが、何しているの？　とでも言いたげな目くばせを送ってきた。仕方がなく、数歩前に進み、はじめまして、と告げた。

「オリジンはどこ？」

　とリリーの兄が訊いてきた。

「言ったでしょ？　国籍はフランスよ」

　とリリーが素早く口を挟んだ。

「両親は日本人です」

　とぼくがそれを遮るようにして伝えた。

「フランス人って言うから、てっきり……。だったら、その、別に最初からそう言えばいいじゃない。別に日本は好きだし、昔、一度、京都に行ったことがあるよ。俺、フランシス」

　とリリーの兄は屈託のない笑みを浮かべ、手を差し出してきた。救いを求めるような感じでぼくはフランシスの大きな手を握りしめた。勉江は表情一つ変えなかった。ぼくらの手が離れると、何も言わず彼女は真っ先に着席した。リリーの目が何かを訴え、僅かに合図を送ってきたような気がしたが、気が動転し、どうしていいのか分からない。「座って」とフランシスが席を勧めたので、リリーの横に着席した。リリーは勉江にどこまで、どんな風に、どのような話をしたのであろう。ぼくたちの出会いについても触れたのだろうか？　勉江は胸を張り、僅かに顎を突き出し、毅然とした態度でぼくを見ている。柔らかい笑みを向けてみるが、彼女の表情が緩むことはなかった。

「何飲む？　ビール？　それともワイン？　あ、シャンパン？」

感じのいいフランシスがその場の空気を和ませようと細やかに心を配る。勉江が視線を逸らした。ぼくの目を見てくれない。

「俺もリリーもフランス生まれ、この辺で、ベルヴィルで、ずっと育った。君は？　パリで生まれたの？　どの辺に住んでる？」

「パリ生まれ。バスティーユが地元だけど、今はこの近く、オーベルカンフで一人暮らししてる」

「なんだ、ご近所さんだ」

フランシスの相好が緩んだ。仕方がなく、ぼくも付き合って微笑んでみた。

「シャンパンにしよう。いいだろ？　お祝いごとだから」

そう言って立ち上がろうとしたのを勉江が遮った。

「まだ、お祝いかどうか分からないでしょ」

その一言で、和みだした場の空気が再び堅苦しくなってしまう。フランシスはギャルソンを呼び止め中国語で、たぶん、ジャスミン茶を四つ、と伝えた。

「ママ、私たち結婚したいの」

リリーが勉江に向かって単刀直入に切り出した。勉江はリリーの目の奥深くを見つめ返し、その真意を確かめようとしている。いきなりの緊迫感に、ぼくはもちろん、フランシスも動きが止まる。リリーの気の強さは、きっと母親譲りだ。予想していたこととはいえ、物事がどんどん先へ勝手に動いていくものだから、タイミングを失い、オペラで買った薔薇(ばら)の花束さえ渡せず、それはぼくの膝の上をほんの少し湿らせた。母と娘は視線をぶつけ合ったまま譲らなかった。実際には数秒の出来事だろうが、一本の映画を観終えるほどの長さを感じた。勉江は一度目を伏せ、俯(うつむ)き、考え込むような仕草をした。何を考えているのだろう。息を呑(の)んだ。沈黙の後、勉江は顔を上げると、教師のように一つ咳払(せきばら)いしてから、ぼくの目を静かに覗(のぞ)き込んできた。

「この子は一度言い出したらきかない子。そのことは私が一番知ってます。でも、これからはきっとあなたがこの子のことを一番知ることになるのね」

フランシスが笑みと共に閊(つか)えていた呼気を吐きだした。四人の視線がテーブルの上で複雑に絡み合い、奇妙な駆け引きがはじまる。勉江が再び口を開く。

「あなたには関係がないけど、日本に対して、いえ、歴史のことじゃなく、私はちょっと特別な、その、いつまでも癒えない傷を抱えている。いつか、リリーに訊いてみてください。でもそれとこれは別のことだから、そのせいで反対するつもりはありません。リリーが決めたことなんだし、誰も反対なんか出来ないでしょ」

　フランシスがリリーに優しい微笑みを向けた。しかし、リリーがその強張(こわば)った表情を崩すことはなかった。

2

授業は十一時からだった。その前にバスティーユ広場に程近い実家に顔を出す。インターネットの調子が悪いから見てほしい、とパパに呼び出された。イネスがキッチンの床をモップで拭いていた。一月間は指導します、と約束したはずのパオラの姿はない。

「パオラはビザに問題があって大使館へ」

とイネスがスペイン語で告げた。食洗機のドアが開いている。皿やワイングラスなどと一緒に黒ずんだ換気扇のフィルターが見えた。

「イネス、これ一緒に洗っちゃだめだよ。油ですごく汚れてる。こういうのは手で洗わなきゃ」

ぼくはフィルターを食洗機から取り出し、モップを置いたイネスに差し出した。彼女は小さく頷（うなず）いてみせた。食洗機の中段には漆塗りのお椀が並んでいた。

「これもだめ。これは漆器（laque）、分かるかい？　ハンドメイドの、とってもデリケートなものだ。絶対、中に入れちゃいけない。パオラは何も教えなかった？」

「すいません」

とイネスは謝った。

「漆器やお箸は手で洗うように。いいね」

「分かりました」

「パパは？」

「仕事場です」

百平米ほどのアパルトマンはデュプレックス構造で、階上には女中部屋（chambre de bonne）を改造したパパの仕事場があった。パパは窓際の机に座し、背を丸め、パソコンと向き合っている。机と書棚で部屋のほとんどの空間は埋まっている。床にも、書棚に入りきらない書籍や書類が積み上げられており、足の踏み場さえない。パオラが勝手に片付けてしまうものだから『散らかしているわけじゃないんだ』とパパは度々怒った。それ以降、仕事場はパパが自分で掃除するという取り決めになった。

通りを挟んで並ぶオスマン調の建物の上に、まるで植木鉢を逆さにしたような茶色い円筒形の煙突が並んでいる。パリならではの独特な景観である。昔、パパがぼくに、『暖炉一つに煙突が一本』と教えてくれた。

「煙突の数だけ、暖炉があるということだ」

「なんで一本に纏（まと）められないの？」

と幼いぼくが質問すると、

「火の粉が回って火事の原因になりかねないからね」

と説明した。遮るもののない広々とした眺め、そこに、パパが一番好きなパリの風景が広がっている。小説家はこういう長閑（のどか）な景色を眺めながら人のどろどろした生死を想像しているのだ、と子供ながらに思ったことがあった。パパの小説は残念ながらまだフランスでは出版されていない。日本でも、ここ数年新刊が出ていない。パパは毎日こつこつと執筆を続けているけれど、その小説を待っている人のことをぼくは知らない。一人暮らしをはじめた頃、書棚からパパの本を一冊抜き取った。『かなしみの終わりとはじまりのないよろこび』というタイトルの作品だったが、読めない漢字が多く、まだ最後まで辿（たど）りつけてはいない。いつの日か、パパに内緒で書棚の中の一冊を翻訳し、フランスの出版社に売り込みたいと思っている。

「充路、インターネットが繋（つな）がらないんだよ。ほら、ワイヤレスネットワークが接続されてないだろ。今日中に日本に原稿を送らないとならないんだ」

　書棚の一角を占拠しているＷｉ－Ｆｉボックスを調べた。全ての線は繋がっていたし、正常に機能していることを知らせる緑色のライトが点灯している。問題はなさそうだ。一度再起動を掛けてみることにした。

「バイクで来たのか？　オペラに行くなら、ちょっと遠回りになるがオデオンまで送ってくれ」

「画廊に？」

「ああ、午後からギヨームと打ち合わせがある」

パパは小説家としてより、こちらでは書道家として活躍している。収入は間違いなく、書家の稼ぎの方が多い。年に二、三回、オデオンの契約ギャラリーで個展をやるし、愛好家に指導もする。作品は売り切れる。墨絵と書が殴り合ったような、アジア趣味の、西洋人には分かり易い作品ばかりであった。時々、筆で仏像の絵なんかも描いた。書とも絵ともどちらとも言えない、日本のレストランのトイレなんかに飾ってあるイラストのようなものもあった。

「なんて書いてあるの？」

と崩れた文字を覗き込みながら訊いたことがあった。

「適当だよ」

と日本語で返ってきた。

「てきとう？　それ、どういう意味？」

「だから、適当。意味なんかないってことだ。それこそ、退屈とか、平和とか、意味とか、そういう漢字を並べてやる。最後に自分の名前、その横に落款を押す。赤い朱肉が顧客を喜ばせる。どうせ、日本と中国の文化の区別さえつかない。ちょっと物知りな奴が来たら、それなりの蘊蓄を並べてやる。日本人でよかったな」

高校生だったぼくにはショックな話で、僅かに心を痛めた。その頃から、パパを友人らに自慢するのをやめた。パパを評価する批評家や彼の書をコレクションしている人たちと目をあわせることが出来なくなった。パパの悪事に加担しているような罪悪感を覚えてならなかった。

「騙しているとか、そんなことはないぞ。そもそも芸術が分からないお前に説明したって仕方ない。ただ、一つだけ教えてやろう。どうしてもパパが書いた書を欲しい連中がいる。彼らがいる限り、パパが書いたものは芸術となりうるし、金になる」

再起動してもネットには接続出来なかった。それでパソコン脇に付属しているワイヤレスのスイッチを調べるとオフになっていた。

＊

パパをオデオンで降ろしてからオペラに急行したが、日仏語学学校に到着したのは授業開始の三分前、教員室には寄らず、直接教室へと駆け込んだ。生徒は全て日本人、この時間帯は駐在員の夫を持つ主婦がほとんどであった。生徒たちは異国にいる日本人同士、仲が良く、和気藹々としている。明るく元気な人が多く、笑いが絶えない。日中は主婦、夕方と週末は仕事帰りの駐在員がやって来る。もちろん、学生や一般の人も、多くはないが交じっている。フランス語をろくに喋ることの出来ない駐在員やその奥様方に教えるこの仕事に満足しているわけではない。彼らは英語が堪能なので、実際にはフランス語を喋る必要はないし、二年から三年で日本に呼び戻されるため、モチベーションもそれほど高くない。生徒の多くが、『せっかくフランスで暮らしているので、ちょっと齧ってみたかった』という程度の動機。繰り返されるテロの影響で駐在員の数もめっきり減り、正直、語学学校の経営状態は芳しくない。結婚して子供が出来たらこの仕事だけでやっていけるかどうか、心配もある。

数年前から小説を書いている。去年のことだが、小さいけれど老舗の出版社に数編、短編を送ったら、名物編集者であり作家のエリック・ジョフル氏の目に留まり、長編の執筆を勧められた。暇がある時に、こつこつと書いてきた。一応書きあがったので、意見を求めるため、エリックに送った。

小説を書いていることはリリーさえ知らない。ましてやパパには言えない。作家の収入など期待出来そうにないし、職業作家を目指して書いているわけでもない。書きだした動機はやはりパパの存在だった。幼い頃から自分の父親の職業について考えてきた。いつも家にいて机に向かっているパパ。だからか、その影響を受けた。本を読むことはパパを理解することだと思うようにもなった。話題の小説を読むたびに自分だったらこんな風には書かない、と批評さえした。そのうち何気なくキーボードを叩いて小説らしきものを紡ぐようになる。でも、作家生活を夢見たことはない。ましてや出版不況。周辺の仲間たちは本なんか買わないし、インターネットで事足りる。むしろ、書いているのは、自分自身を落ち着かせるため、というのか、自分をもっと知るために言葉にして思考を纏めているようなところがある。考えていることを言葉に置き換えていくと、眠っていた意識やイメージが明らかにそこに存在していることが分かった。それらは自分のものだったが、言葉にしてはじめて生まれてくる感覚でもあった。それが物語となって動き出すのは、確かに愉快なことで、マインクラフトなんかよりも、世界を創っているという構築感、或いは達成感があった。

けれども、小説にのめり込む自分に警戒心もあった。これがいったい何になるんだ、と思わない日はなかった。将来への不安が小説を生み落としたのは事実だが、そこにはつねに「大丈夫？」と「仕方ない」が横たわっていた。

リリーの夢はぼくと家族を作ることで、ぼくの希望は出来れば家族を持たず、なんとなく人生を手懐（てなず）け、最後は一生を振り切って逃げ切ることであった。

「どうやら君が主導権を握っているようね。君が結婚したくないなら、私はぐずぐず出来ないのよ。君のことを愛しているけど、永遠に待ち続けるつもりなんかない。若いうちに早く結論を出したい。パパのような失敗をしたくないけれど、でも、家族の中で幸せになりたい。分かる？」

リリーの魅力は、その逞しさ、まっすぐ生きようとする生命力、はきはきと物事を決断し、歯に衣着せぬ物言い、そして明らかに自分にはない強靱な意志であった。

授業が終わり教員室へ向かおうとしていると若い生徒に呼び止められた。研修(stage)制度を利用して日本からやって来たばかりのパティシエ見習いである。午後から夜にかけてはレストランで働き、午前中はフランス語を学んでいる。学ぼうとする動機が他の生徒に比べ人一倍強く、そのせいで駐在員の妻たちの中にあってフランス語能力は群を抜いている。

「バレンタイン過ぎちゃいましたけど」

「ぼくに？」

「食べてもらえたら嬉しいです」

そう言うと小さくお辞儀をして踵を返した。年配の生徒に目撃され、まあ、もてますこと、と冷やかされてしまう。

リリー・マルタンは見習い菓子職人が作ったハート形のチョコを頬張りながら、これ本当に美味しいわね、と屈託なく言った。ぼくが黙っていると、のしかかって来た。その勢いでそのまま押し倒されてしまう。リリーは両手でぼくの後頭部を固定するなり、口づけし舌先を押し込んできた。ミルクチョコレートの味がした。溶けきれないで残っていた塊がぼくの口の中で香りと味をふりまいた。リリーは満面の笑みで、好きよ、と言った。無邪気に笑う唇の周りが茶色かった。

＊

ママが幼いぼくを残して不意にこの世界から旅立った後、ぼくはパパによって育てられた。何が起こったのか分からず混乱していたぼくの傍（そば）に、パパは四六時中ぴたりと寄り添うようになった。むしろママがいなくなった後の方がパパとの思い出がたくさん残っている。ママがいた時代のパパの記憶は一日中家にいていつも机に向かっている無口な人……。ママがいなくなった後、パパの印象が変わった。ママがいなくなった、とぼくが認識するのが早かったか、パパがぼくに寄り添うようになるのが早かったか、その辺の記憶は定かではないが、たぶん、幼いぼくを悲しませないようにとパパがママの代わりも兼ねて子育てや家事をやるようになった。

ぼくが起きる前にパパはすでにキッチンに立って料理をしていたし、パパが作るのは決まって和食で、あの頃、アパルトマン中に香る味噌汁（みそしる）の匂いがぼくにとって朝のはじまりを告げる狼煙（のろし）のような役割を担っていた。食堂に顔を出すと、テーブルの上には温かい料理が湯気を出して並び、傍らでパパが満足そうな笑みを浮かべながら珈琲（コーヒー）を飲んでいた。夜ご飯も、週末の昼食も、パパが作った。滅多に外食をすることはなかった。記憶の限り、ママは外出することがあったが、パパはずっと家にいた。もともと友達の少ない人で、パパの知り合いがうちにやって来たという記憶もない。画廊主のギヨームがたまに何かを届けに来る程度の人付き合い。変わっていた。幼いぼくは年齢を重ねるたびにパパは普通じゃない、と思うようになっていく。同時にそれがパパらしいのだと思うようにもなった。

ママがいなくなる前から、ぼくはパパと一緒に登校していた。ママは朝が弱かったから、もともと学校の送り迎えは早起きのパパの仕事であった。もちろん、ぼくが幼い頃、幼稚園とか小学校の低学年の頃は、三人で学校に通ったこともある。二人の真ん中に小さなぼくがいて、ぼくは二人の腕を摑(つか)んで、ブランコのようなことをした。パパとママはぼくを引っ張り上げ、ぼくはマンホールの上を飛び越えるのが大好きで、ジャンプしたい、とよくせがんだ。右側のパパと左側のママが同時にぼくをリフトアップした。空を飛びながら、『パパとママは絶対この手を離さない』という安心感に包まれていた。遠い、おぼろげな、けれども幸福な記憶、マンホールの蓋を踏むたび、思い出す記憶でもある。

中学に進学し送り迎えの義務がなくなるまで、パパの登下校の随行は続いた。お迎えの親たち、或いはベビーシッターらが並ぶ校門前の歩道に、一人雰囲気の異なる日本人のパパの姿があった。パパは夏だろうと冬だろうといつもよれよれのハットを被っていた。夏以外は派手な色のマフラーを首に巻いていたし、仕事着のサムエと呼ばれる和服を着たままやって来ることもあり、黒いブーツ、サムエ、ハットという組み合わせが人々の視線を集めた。クラスメートに、君の先祖は忍者か、とからかわれたこともある。

パパはかなりの頻度で、迎えの時間に遅刻した。みんなが帰った後に息を切らしながら走ってやって来て、「仕事に夢中で遅れた」と言い訳をした。でも、もちろん、来なかったことは一度もない。閉まりかけた校門の隙間にハットを被ったパパが顔を出すと、ぼくは安心し、自然と笑みがもれた。

フランスに親戚はいない。友達の少ないパパにもしものことがあれば、ぼくは一人ぼっちになってしまう、と幼いぼくは真剣に悩んだ。パオラは年だし、フランス語の家庭教師は若すぎる。どこかに預けられるとしても、幼馴染みのマークアレクサンドルの家だけは絶対に避けたかった。幼稚園から一緒、兄弟のように育ったマークアレクサンドルは大人が見ていないところでふざけてぼくに暴力をふるった。彼の両親はぼくのことを我が子のように可愛がってくれたけど、マークアレクサンドルは一人っ子だからか我儘(わがまま)でやんちゃ、それが彼の愛情表現なのかもしれないけれど、とても彼の家に身を寄せることなど出来るものではなかった。

日本にいるパパの兄弟たちは何かパパとの間で問題を抱えているようで、存在は知っていたが、行き来はほとんどない。ママの死後、ママの親戚とも疎遠になった。ぼくが生まれる前にママの両親は亡くなっている。だから、パパにもしものことがあったら、ぼくは一人になる。でも、この心配は杞憂に過ぎなかった。パパは大病をすることもなく、まるで影法師のようにぼくに寄り添って長い年月を生き抜いてきた。振り返るといつもそこにいたし、「パパ」と呼べば、必ず、「なに」と返事が戻ってきた。

　ぼくは中学生になるとうっすら髭も生えて、背もみるみる伸び、あっという間にパパを追い越し、高校生になると最初の恋人が出来て、毎日のようにパパに冷やかされた。バカロレアの試験に合格し、大学生になると、パパの勧めで大学の傍に小さな部屋を借り一人暮らしをはじめるようになった。

「いつまでも親の傍にいるのはいけない。とりあえず一度外で暮らしてみなさい」

と自立を促されたが、実際はパパにフランス人の若い画家の恋人――イザベルという名前だった――がいたから追い出されたに過ぎなかった。いつから二人が交際していたのか正確には分からない。でも、イザベルがぼくの前に姿を現すようになったのはぼくが中学生になる直前のことで、或いは、何年か、そのタイミングを計っていたのかもしれない。時々、三人で食事をした。パパの作品がリヨンの絵画フェスティバルで紹介されることになり、三人で出かけたこともある。パパにどこか似て、神経質で物静かな人だった。三人並ぶとなんとなく家族のように見えた。フェスティバル関係者から、君のママ？　と訊かれたりもした。イザベルにはほんの少しアジアの、たぶんベトナムの血が混ざっていた。でも、ぼくが卒業する頃になると、もう彼女はパパの傍にはいなかった。話題にものぼらなくなり、何かの折に、パパに問い質（ただ）してみたら「別れたよ」と素っ気ない返事が戻って来た。「なんで？」と訊き返すと「自然な成り行き」とパパは言った。

「自然って？」

「そんなの一々説明しなきゃならないのか？　自然は自然だよ。男と女の間にあるもの全部のこと」

それ以降、パパに女性を紹介されたことはない。

＊

「その後、イザベルには会ってないの？」

とリリーがぼくの腕の中で訊いた。

「何年か前に、パリ読書展（Salon du Livre）の会場でばったり鉢合わせしたことがあった。お互いすぐに気が付いたけど、向こうは男性と一緒だったので、ぼくは何も言わず、俯いてそこを通り過ぎた。そしたら」

リリーが顔を上げ「そしたら？」と繰り返した。

「走って来て、ぼくの前に立ちはだかると、『これをタイジに渡して』と言って小さなプラスティックのケースを手渡された。中身は日本の神社で売ってるお守りだった。日本人は受験や出産の祈願だったり、交通安全だったり、何か不安なことがあるとお守りを買って身に着ける。ぼくもパパにバカロレアの試験前に一つ貰ったことがあった」

リリーが興味津々な顔つきでぼくの目を覗き込んでくる。

「その夜、パパにそのお守りを渡したんだけど、何も言わなかった」

「何のお守り？　何か不安なことがあったのかしら、たとえば病気とか」

「何か書いてあった。でも、知らない漢字だった。安全という意味の一文字は分かったけど後半の文字が分からなかった。何か祈願していたのかもしれない」

「調べなかったの？」

子供を授かるという願いが込められたものじゃないか、と想像して、調べるのをやめたことを思い出した。当時イザベルは三十代後半だった。

「どうしてその人はお守りをその時、携帯していたのかしら？」

「知らないよ」

思わず声を荒らげてしまい、リリーを驚かせてしまう。ぼくは黙った。そうだ。どうしてイザベルはその時、あのお守りを持っていたのであろう。

「お守りって、捨てられないから……。でも、肌身離さず持ってたわけでしょ？　別れた後も。何か意味があるような気がする」

そう言いながら、リリーがぼくに抱き着いてくる。ぼくらは暫く黙った。リリーの手がぼくの腹部を擦る。ぼくはその手を摑み、しばらく様子をみた。なんとなく、抱き合う気分ではなかった。手を放すと、リリーがすっと手をひっこめた。

「一度、その……」

ぼくは話すべきか、悩んだ。なのに、言葉が口をついて出た。

「何？」

「一度、間違えた。十二歳の時、イザベルのことを……」

ぼくはリリーにその時のことを語った。夏のバカンスの時季にパパとイザベルと三人でコート・ダジュールに旅行した。アンティーブの海岸沿いに貸別荘（gite）を借りて、一月間、三人で暮らした。部屋はそれぞれ別々だった。きっとぼくがいたからだろう、パパとイザベルも一緒の部屋ではなかった。もしかすると、ぼくが寝た後、お互いの部屋を訪ねあっていたのかもしれない。でも、貸別荘にはちゃんと三つの部屋があったし、ぼくの前で二人がいちゃいちゃすることもなかった。

ぼくらは宿を拠点に、ニースやカンヌ、マントン、エズ、そしてモナコ公国などを車で回った。ビーチで身体を焼き、地中海料理に舌鼓をうった。イザベルがいることに戸惑いもあったが、彼女が自然体だったからか、日を追うごとに馴染んできて、次第に違和感のない親しい存在へとなった。二人ではなく、三人でいることがとっても楽しかった。イザベルは優しかったし、ぼくのことをよくぎゅっと抱きしめてくれた。パパの前で抱きしめられることには最初ちょっと抵抗があったけれど、コート・ダジュールの気候のせいもあり、イザベルの笑顔に助けられて、だんだんとそれが当たり前になっていった。そこにイザベルがいることが普通になり、思えば最初から他人行儀ではなかったし、気心はすぐに通じ合うことが出来た。弁えた人だったから、ぼくとパパの間で上手な距離感を保っていた。だからか、旅の終わりくらいになると、甘えたくなる瞬間なんかもあった。ぼくがぐっと我慢をしていると、イザベルはまるで母親のように、そんなぼくの気持ちを察してか、笑顔でぴったり寄り添ってくれた。ぼくはまだ十二歳だったから、母親のようなものを求めていたのだった。

ある日、ぼくとイザベルが近くのスーパーまで車で行った時のこと。パパは前の晩に飲み過ぎ、いつまでも起きてこなかった。だから、二人で買い出しに行こうということになった。イザベルが運転をし、ぼくらはアンティーブ郊外にある、インターチェンジ近くの量販店まで出かけた。大きなカートをぼくが押した。間違いなくぼくは有頂天だった。そういう幸福感が昔あったことをうっすら覚えていて、その記憶に逆らわず従った。イザベルは優しい笑みをぼくに向け続けた。彼女の傍にいるのが幸せだった。だから、ぼくは間違えてしまったのだ。冷凍食品売り場で、珍しく日本製の餃子(ギョーザ)を見つけたので、嬉しくなって、それをイザベルに伝えようとして、思わず、

「ママ！」

と叫んでしまった。言った瞬間、ぼくは凍り付き、動けなくなった。そして、次の瞬間、意識を飛び越えた何かが頭の中で破裂し、ぼくの中の大切なものが粉々に吹き飛んでしまうのを覚えた。振り返ったイザベルが驚いた顔をしたものだから、いっそうぼくは慌ててしまい、言葉が詰まって、場所も弁えずに泣き出してしまった。ママがいなくなってから、人前で流した最初で最後の涙だった。イザベルが申し訳なさそうな顔で近づいてきてぼくを抱きしめるものだから、余計悲しくなって、ぼくは号泣してしまった。

「いいのよ。泣くことはないわよ、ジュール」

ぼくは呼吸が苦しくなり、抱きしめようとするイザベルを押し戻してしまう。困惑した彼女の顔を忘れることが出来ない。最後の最後でぼくの十二歳のバカンスは最悪なものとなった。しばらくの間、ぼくはイザベルと話すことが出来なくなった。

　リリーは黙ってぼくの話を聞いていた。

　その夜、リリーは優しかった。ことが終わった後、リリーの胸の谷間に顔をうずめながら、彼女の匂いを嗅いだ。甘くて切ない香りであった。石鹸(せっけん)とか、香水とかの香りに彼女の甘い体臭が混ざっていた。その香りの源を辿れば、薄れていく何か遠い記憶に追

いつくことが出来るような気がした。でも、実際には蜃気楼（しんきろう）がそうであるように、追いかけても追いつけるイメージではなかった。リリーは無言でぎゅっとぼくを抱きしめてくれた。うっすら目元が湿った。

「ジュール」

優しい声。掠れているけれど、とっても優しい声で、ぼくの名を呼んだ。

「ジュール、いい子ね」

母性豊かな人だ。いい母親になるに違いなかった。

*

父と二人でストラスブールを旅したことがあった。十三歳の秋のこと。周遊船を降りてホテルまで二人で歩いて帰る途中だった。

「ぼくはね、優しい女性と結婚をして、子供を二人持ちたいんだ。パパみたいな優しい父親になって、子供たちの話にいつも耳を傾け、そして、自分の妻のことを尊敬し、ずっと大事にする。家族四人、幸せになるのが夢だよ。パパがおじいちゃんになったら、ぼくらの家で一緒に暮らそうよ。パパの部屋もちゃんと用意する。心配しないで」

するとパパから思わぬ言葉が戻ってきた。

「そりゃ出来ない。お前の結婚相手がそれを望まないだろ？　仮に望んだとしても絶対に迷惑がかかる。面倒をその人にかけたくないし、自分も肩身の狭い思いをしたくない。だから、心配はするな。パパは少し離れた、たとえば隣町で、たぶん、一人暮らしをする。たまに子供たちを連れて遊びに来たらいい。そのくらいの距離感がちょうどいいだろ？」

その時、ぼくは悲しくなった。でも、うん、そうだね、と返事をしてしまう。子供ながらに、未来の妻が頑固なパパのことで悩む姿を思い描いてしまったからだ。

子供の頃の夢はリリーと同じく『早く結婚をし、幸せな家族を持つこと』であった。なのに、今、ぼくはそれをうっすらと拒んでいる。心に描き続けてきた幸福な家庭の実現が目の前に迫り、不意にブレーキがかかった。リリーは家族に拘（こだわ）った。ぼくは本能的にどこかで幸福な家族を恐れている。リリーのことは好きだったが、あんなに思い描いたはずの幸せな結婚を目前に、ぼくはその一歩を踏み出せずにいた。

「何考えているの？」

とリリーが訊いてくる。ぼくはもう一度、リリーの匂いを嗅いだ。

＊

時々、ふとした時、仕事中だったり、リリーと食事をしている最中だったり、オーベルカンフからオペラに向かう途中の、バイクの運転中とか、なんでもない時に、ママの記憶が予期せず脳裏を掠めることがあった。幾つかの記憶の断片が今も心に残っているが、これらは長い年月のせいで随分と歪曲(わいきょく)され、額に入れられた絵画のように、ぼくの心に固着している。ママはぼくのベッドによく潜り込んで来た。夜中に、ごそごそと音がして、布団が捲(めく)られ、背中がひんやりしたな、と思ったら温(ぬく)もりに包まれ、気が付くとママが背後にいて、両手で強引に抱き着かれた。もちろんぼくは嬉しかったし幸せだったけれど、首筋や頬にキスをされながら、わざと寝たふりを続けていたような気がする。ジュール、とママはぼくの名を呼んだ。

「愛しているわ。愛している」

おぼろげな返事しか出来なかったが、けれどもその手触りや気配、匂い、温もり、そして、『愛している』という言葉たちは脳裏に強く刻み込まれた。このママの度々の夜中の訪問こそ、ママについての一番強い記憶でもあった。でも、もしかしたら、ママはパパと一緒に寝たくなかったからぼくのベッドに潜り込んで来たのかもしれない。ぼくのベッドは二人で寝るにはちょっと小さかった。ママは布団を捲ってぼくを押しやってスペースを確保してから、横になった。いつも仄かにアルコールの匂いがした。ママは家族が寝静まった後、キッチンで一人ワインを飲み、酔うと、その寂しさから、ぼくのベッドに潜り込んでいたのだろう。あの頃、パパとママの間に何があったのか、ぼくには分からない。パパに問い質したこともない。

＊

窓ガラス越しに差し込む早春の淡い光りを浴びながら午前の部の授業をしていると携帯が不意に鳴りだした。父が健忘症になってから、音を消すのが怖くなった。生徒たちの視線を集めながら、慌てて携帯を取り出し覗くとイネスからだ。ちょうど授業が終わるまで残り数分というタイミング。嫌な予感がして、生徒たちに急用の電話が入ったことを告げ、一旦、廊下に出た。

「お父様が出て行ったきり、戻って来ないので、帰るに帰れないでいるのですが、このままドアを閉めて退出してもいいでしょうか？」

ぼくはスペイン語で、少し待てるかい？　すぐにそっちへ向かうから、と告げ電話を切った。パパの携帯にかけてみるが繋がらない。普段、パパは家政婦が掃除を終えるまで必ず家にいる。終わる前に外出した理由が分からない。近所に買い物に出たとも考えられるが、健忘症が出たのかもしれない。幸い、このクラスが終われば夜の部まで時間が空く。授業を終了し、急いで学校を飛び出すことになった。

待ち受けていたイネスがぼくの顔を見るなり、

「朝はいつもと何も変わらない様子でした。でも、途中から姿を見ていません。何時に外出したのかは分かりません」

と告げた。

サロンのサイドボードの上のいつもの場所に鍵を、仕事場の引き出しの中に携帯と財布を発見した。イネスを帰してから、ぼくは思いつく限りの、パパが立ち寄りそうな場所に電話をかけた。オデオンの画廊主のギヨームは、

「こっちには来てない、来たらすぐに電話する」

と言った。近所の行きつけのカフェや父のお気に入りの寿司店などにも連絡をしてみたが、情報は得られなかった。最後にリリーに事情を説明した。

「夕方まで待って、連絡がなければ一応警察に捜索願を出す」

「そうね、その方がいい。学校は？」

「十九時からもう一コマ授業があるけど、誰かに代わってもらうことにするよ」

と言い残し電話を切った。幼い頃からこの建物の管理をしているポルトガル人のガーディアン（管理人）、レオリンダに家の鍵を託した。

「もしパパが戻ってきたら、ぼくに電話貰えますか？」

初老のマダムは心配そうな顔で頷いた。家の周辺の、パパが立ち寄りそうな場所から

探しはじめる。バスティーユ広場に面したカフェを一つ一つしらみつぶしに覗き、円形交差点を中心に東西南北へと放射状に延びる路地を走り回り、パパのお気に入りの場所、たとえば、――運河にかかる歩道橋やヨットハーバー、若者でごったがえすロケット通り、少し離れたマレ地区のヴォージュ広場――、などへと足を延ばした。

一時間ほど必死で走ったせいでくたくたになり、疲れ果ててベンチに倒れ込んだ。息が上がり、しばらく空を見上げながら、心臓が落ち着くのを待った。公園の芝生の上で幼い男の子と女の子が遊んでいる。父親らしき背の高い紳士が街路樹の傍らで見守っている。その人はハットを被り、黒いコートを着て、両手をポケットにつっこんで佇んでいた。男の子が走って来て、父親に抱き着いた。女の子もやって来て、男の子の手を引っ張り、二人はぐるぐると街路樹の周辺を駆け回った。男の子がバランスを崩し倒れると、父親は素早く近づき子供を抱きかかえ、服についた土を手で払った。泣きだした子を高く持ち上げ、揺さぶった。泣いていた子がまもなく無邪気に笑いだす。その人と若き日のパパの姿が重なった。

九歳の夏のこと、二か月に及ぶ夏休みの期間、ぼくとパパは大きなリュックを背負って北海道から沖縄まで旅した。ぼくとパパが二人で生きることになった直後のことである。楽しむというよりも、毎日、移動しなければならない過酷な行程の旅。札幌までは飛行機で飛び、そこからの移動はほとんどが電車かバス。もう二十年以上前のことになるが、未だしっかり記憶に焼き付いている。ママの不在を悲しむ暇がなかった。今、思い返してみると、旅自体は行き当たりばったりのものだったが、実は計画的だったように思えて仕方ない。函館に宿泊した翌日、青森市へと移動し、市内の宿で一泊、その翌日には岩手県の一関へと移動しなければならなかった。パパはいつも夜になると地図を取り出し、ぼくに見せた。明日はここへ行くぞ、港町だ、魚が美味い、と元気に言った。カメラを一台手渡され、ぼくは旅の記録係のような役割を担った。宿泊する宿はホテルとかではなく、ほとんどが「民宿」。大広間で他の人たちと一緒に雑魚寝したこともある。観光というよりも、移動、移動の連続で、疲れをとるために宿で寝るという調子だった。けれども、その旅を通して、ぼくはパパとの新たな関係を築き上げることになった。二人の間でいろいろな役割、立ち位置、関係性が整っていく。フランスで生まれたぼくが日本を知る絶好の機会にもなった。もちろん、日本語の勉強になったし、日本的なマナーについて学ぶことも出来た。何より毎日が忙しかったので、ぼくはやるべきことに追われ、ママのことを表向き忘れることが出来た。もちろん、心の中にはいつもママがいた。でも、そこに今やらないとならない目的があれば、日々をこなす精一杯さのおかげで、悲しみを乗り切る手助けとなった。今だから合点がいくことだが、パパの狙いはそこにこそあった。パパとぼくとの関係を再構築、或いは仕切り直すのに、あの旅の役割はとっても大きかった。

パパもその旅を通して変わったと思う。どこかとっつきにくく偏屈な父親という印象があったが、旅を通してパパの態度や雰囲気は変化し、子煩悩になった。母親が不意にいなくなったぼくのことを不憫に思うからだろう、大切にしてくれるようになった。欠落したものを自分が埋めないとならないと自覚したのであろう。あらゆることに対して、ぼくと真正面から向き合うようになった。ぼくはパパに身体をくっつけて眠り、パパの横で目を覚ました。そこにはゆるぎない安心感があった。

ただ、パパは子供のように無邪気な一面があり、皮肉屋で、世間知らずでもあった。よく、旅先で人々と揉めた。たとえばタクシーがちょっと遠回りをすると、パパは『なんでこの道なんだ。プロのくせに道も知らないのか？　目的地からどんどん遠ざかってるじゃないか。メーターを下げろ』と言って声高に運転手を糾弾した。ぼくからすると、顔を真っ赤にして怒鳴りつけるパパの方がずっと常識のない人に思えてならなかった。怒りを心の中だけに留めず、相手にぶつけるものだから、駅員や、タクシーの運転手、市場の人、宿の人たち、時には警察官も怒らせた。だからこそ、ぼくがしっかりしなきゃ、と思うようにもなる。謝るのはいつだって、幼いぼくだった。それは三十歳になった今も変わらない。

*

携帯の着信音がぼくを現実へと連れ戻した。街路樹の親子はいつのまにかいなくなっていた。　レオリンダからであった。

「ムッシュ。今、警察から連絡があって、お父さんが保護されたって」

「どこの警察？　隣の？」

「ええ。私が迎えに行ってもいいんだけど、警察は家族に来てもらいたいらしいの」

ブルドン大通りの警察署へと向かった。受付の人に名前を告げると中に通された。パパは廊下のベンチに座っていた。ホームレス風の青年が、パパが座る同じベンチの端っこで、両手を手錠でベンチに固定され、どことも言えない方向に向かってぶつぶつと毒づいていた。頻発するテロの影響もあるのだろうが、自動小銃を持つ警官隊が出入りする物騒な場所であった。パパはぼくを認めたが、特別な反応を返すわけではなかった。担当の若い警官がやって来て、保護された時の様子を語りはじめた。

「自らここにやって来て、自分が誰か分からない、と言ったので保護した。君のことはよく覚えていて、すぐに身元が分かった。こういうことが度々起こるのであれば、病院と話しあって、なんらかの措置をとった方がいいんじゃないのかな」

「なんらかの措置とは？」

「施設に入れるとか。命に関わる事故にあってからじゃ遅いからね」

警官に文句を言ってもしょうがなかった。だから、黙って父を引き取り、連れ帰った。

「ジュール、もしかしてお前にまた迷惑を掛けたのかな」

エレベーターに乗りながら、パパは弱々しく告げた。振り返らず、

「いいや、そんなことはないよ。気にしないで」

とはっきり返事を戻した。自分が誰だか分からなくなるのは二時間ほどのこと。ずっと記憶がなくなっているわけではない。ある瞬間、遅くとも二十四時間以内には元に戻る。記憶がなくなっている間のことも一応覚えている。自分が誰なのか、何をしていたのか、直近のことを思い出せないから、混乱をきたす。そこが問題だ、と主治医は言った。今のところ、ぼくのことはよく覚えているので、発作、つまり記憶が不鮮明になれば、ぼくを探そうとするはずだ、とも。

＊

パパは窓辺の椅子に腰掛け、ぼんやりと窓外を眺めている。少し心配だったので、今日は家には戻らず、学校側に事情を説明し夜の部の授業を別の教師に代わってもらい、

パパの傍にいることにした。WhatsApp でリリーに『パパは無事だったよ。もし、特に用事がないなら、パパと三人、うちで夕飯しない？　なんか作るよ』とメッセージを送った。コップに水を入れて、パパに差し出す。窓から差し込む光りがパパの横顔に陰影を拵える。皺が増え、顔色は悪く、色褪せた瞳は精彩がなかった。パパの年齢を計算してみる。ぼくはパパが四十二歳の時の子だから、今年七十二歳ということになる。ぼくの記憶の中で生き続けるパパはもっと若々しく、やんちゃで、いつも笑顔の絶えない元気な人。しかし、実際は背が丸まり小さくなって生気が失せ疲れ切っている。ここ最近、急に老けこんだ。パパはいつからこんな風になってしまったのだろう。自分が三十歳になったのだから、パパが年を取るのも当然だった。パパだったら、九十歳までは生きるだろう。いや、もっとかもしれない……。

パパは飲み干したコップをぼくに差し出した。それを受け取る。パパの視線の先を追った。通りの反対側にある建物の中程の窓辺でフランスの国旗が翻っていた。

＊

十九時過ぎにリリーが赤ワインのボトルを一本持ってやって来た。前に一度紹介したことがあったが、覚えてないだろうな、と思い、玄関先でぼくはパパにリリーを紹介し直すことにする。

「前に会ったよ。忘れたのか？　ほら、オーベルカンフで。三人で立ち話、したろ？　あれは別の人か？」

　パパが口早に日本語で告げ笑ってみせた。

「覚えてたの？」

「失礼な。こんな可愛い子を忘れるわけがない。C'est LILY !」

　最後はリリーにも分かるようにフランス語で言った。パパは上機嫌だった。どこからか昔の旅の写真アルバムを持ちだして来て、思い出話に花が咲き、そこから血色がよくなって、絶好調となった。今朝の蒼白（そうはく）な顔がすっかり高揚し色づいていた。リリーに写真を見せ、笑うパパの横顔を見る限り、街を彷徨（さまよ）う健忘症老人の面影はない。ぼくが料理をすると言ったのに、

「リリーに本物の日本食を食べさせたい」

　と言い出し自らキッチンに立った。一時間もしないうち、食堂のテーブルにずらりと料理が並んだ。ホタテの炊き込みご飯、筑前煮、野菜炒め、トン汁、とんかつもあった。食べきれないよ、とぼくは言った。残ったら持って帰れ、とパパは国王のような口調で言った。食後、リリーに書の実演を見せたいと言いだし、サロンの真ん中に書道の道具一式を広げた。最初に、リリーの中国名を聞きだし、麗俐江、と和紙に筆で書いた。

「そうです。ママの姓が江なので、中国名はそうなります。でも、父がフランス人なので、リリー・マルタンが正しい名前」

「お母さんの名前、何という？」

　パパがフランス語で訊いた。

「ミェン・チャンです」

「どう書く？」

　リリーは新聞の隅っこの余白に小さく、勉江、とペンで書いた。

「これで、ミェン・チャンと読むのか。美しい響きだし、綺麗な漢字じゃないか」

　パパはそう告げ、和紙に力強くリリーの母親の名前を書いた。

「勉という言葉には、力を尽くすという意味と、励ます、人に力を出させる、という二つの大きな意味がある。漢音ではベンと発音するが、呉音ではミェンと言うんだな。江という漢字は大河のことだ。中国だと長江を指す。美しく真面目で雄大な名前だね。会わずして人柄が見える」

　パパの説明をぼくがフランス語に訳した。リリーは笑顔になった。その夜、リリーはぼくが十八歳まで使った部屋に泊まった。パパは酔って早々に寝てしまったので、二人で片付けをしてから、シャワーを浴び、服を脱いでベッドに潜り込んだ。子供用の鉄パイプ製ベッドは大人二人にはかなり窮屈で、ちょっと身体を動かすとギシッと音が鳴った。身動きをすると落っこちてしまうので、リリーはぼくの腕枕に頭を載せ、抱き着くような恰好で横たわった。

「このままの状態で朝まではきついかもね」

「ほら」

「でも、我慢する。ジュールの幼い頃を想像しながら、朝を迎えてみたい」

何か落ち着かない奇妙な鼓動を覚えた。ママと一緒に寝ていた頃のことを思い出してしまったからかもしれない。

「幼い頃、よくママと一緒に寝た。このベッドで」

なぜそんなことを言ってしまったのだろう。告げた後、少しだけ後悔を覚えた。

「亡くなった頃までずっと？　ここで？」

リリーが瞬きするたび、長い睫（まつげ）がぼくの胸元を擽る。瞬きの数だけ、彼女は何かを必死で考えている。

「あの事故の前の晩も、ママはここで寝ていた。朝、ぼくはママを乗り越えなければならなかった。揺さぶっても起きなかったんだよ」

そうなんだ、とリリーは呟いたきり、黙ってしまう。その朝のことをぼくは忘れない。ママ、と呼んでも反応がなかった。半身を起こし、ママの身体を揺さぶったけれど、結局ママは目覚めなかった。仕方がないのでぼくはママを乗り越えた。ママの身体に触った最後の瞬間となった。リリーの身体の柔らかさに似ている。ぼくとリリーの肉体はぴたりとくっついていたが、不意に心と心の間に目には見えない隙間が出来てしまった。

「余計なことを言ってしまった」

「いいのよ、……ジュール。乗り越えていかないとならないことだから」

「乗り越えられる？　ぼくたちは大丈夫でも、君のママは？」

「大丈夫。仕方がないでしょ？」

　ぼくは息を呑み込んだ。大丈夫、仕方がない……。

「人間はいろいろなものを乗り越えながら生きていくのよ」

　その言葉を最後に、リリーの規則的な寝息が届きはじめる。どこか知らない世界の草原を吹き抜ける、他人事のような風のごとく、彼女の意識から抜け出た無邪気な魂の残像のような……。リリーの身体をそっと抱きしめる。ママはどんなだっただろう、と記憶を弄（いじ）りながら。二十年よりももっと前の、でも、忘れられない記憶の中のママ。甘い匂いがした。あの匂いは何のための香りだったのか。

　そして、ぼくは決まって夢を見た。その夢の中でぼくはママなのかリリーなのか誰なのか分からないけれど、とっても親しい女性のすぐ傍にいた。その人はぼくの頭を優しく摩（さす）ってくれた。何か歌を口ずさんでくれた。子守歌のようだった。いい匂いがした。その香りに包まれながら、ぼくは夢の中で、穏やかに眠っていた。

バタンとドアの閉まる音によって、ぼくの儚い夢の被膜は破られた。何、とリリーが驚いた声を上げる。ぼくの腕の中で彼女の身体が硬直した。目覚めたぼくはベッドから素早く抜け出し、床に落ちていたTシャツを拾って急いで着ると、ぐるりを見回した。カーテンの隙間から斜めに朝陽が差し込んでいる。ぬいぐるみのノノが窓辺の小さな子供用の椅子の上からぼくを見つめている。やあ、と挨拶をした。変わった様子はない。パパが起きたのかもしれない。様子を見るため子供部屋を横断し、ドアを開けた。するとイネスが立っていた。すいません、と彼女はスペイン語で小さく謝った。イネスの目が大きく見開き、ぼくの背後で静止する。振り返るとすっ裸のリリーが寝ぼけ眼(まなこ)を擦りながら、ぼくの脇から顔を覗かせていた。イネスが慌てて視線を逸らし、

「ムッシュ。お部屋のお掃除はどうしましょうか？」

とスペイン語で訊いてきた。

「今日はいいよ」

とぼくはフランス語で返すのだった。

＊

昨日の残りを温め直し、掃除が終わったばかりの食堂で、ぼくとリリーとパパは食卓

を囲んだ。もしかすると、ママがいなくなってから、この食卓にぼくとパパ以外の人間が着席するのは昨晩がはじめてのことだったのかもしれない。ちょっと奇妙な感じを覚えた。パパが作った味噌汁をリリーが絶賛した。

「白味噌といって、甘い。日本の西の方の味噌汁はこの白で作る」

パパのフランス語の発音は相変わらず酷(ひど)かったけれど通じた。美味しいです、とリリーが日本語で告げた。よかった、よかった、とパパ。

「ところで、どうして二人は知り合ったのかね?」

パパがフランス語で訊いた。リリーの手が止まり、ぼくの顔に目を向ける。あ、とぼくは言った。その、

「ベルヴィルで知り合ったんだよ」

ぼくはフランス語でパパに伝えた。

「ベルヴィルのどこで? いつ、どんな風に?」

パパはリリーの顔を覗き込んで訊ね直した。リリーがもう一度ぼくの顔を見た。

「どこでだっけ? 忘れちゃったな」

とぼくが日本語で誤魔化した。

「そんなはずはない。出会った時を忘れるカップルなんかいない。出会いがある。恋がはじまる。二人にもきっと素晴らしい出会いの瞬間があった。リリー、君はもちろん覚

えてるだろ？」

　パパは単語を一つ一つ選んで告げた。リリーは一度目を閉じ、ええ、覚えていますよ、と言った。ぼくは小さく咳き込んでみせた。その時、

「ムッシュ、終わりました！」

　とイネスの声が響き渡った。パパがイネスを送り出すために席を離れた。話題を変えよう、とリリーに耳打ちする。イネスとパパのやり取りが聞こえてきた。

＊

　五年前、ぼくの前に不意に一人の女性が現れ、

「あなたのお母さんのことで話したいことがあります」

と言い出した。それがリリーとの最初の出会い。ぼくらはオーベルカンフのカフェで向かい合った。

「私はリシャール・マルタンの娘です。あの日、あなたのお母さんの隣で運転をしていたのが私の父……」

　ぼくは驚き、しかし、言葉を続けることが出来ず硬直した。そして、悲しい知らせを聞かされた日の記憶が脳裏に蘇った。事故があった日から一週間ほどが過ぎていた。パ

パが、

「ママが事故にあって、遠い世界へ旅立ったよ」

と日本語で告げた。聞き間違えたと思い、何度も訊き返した。パパはフランス語で、ママは死んだ、とはっきりと言った。その後の一週間、出入りの少ない家に次々人が押し寄せてきて、みんなが暗い顔でぼくのことを見つめるようになった。ぼくは九歳だった。怖くなりノノを抱きしめて寝るようになる。夜中に、死んだママが布団の中に潜り込んでくるのじゃないか、と思って、隣にノノを置いて寝た。ぼくは暫くの間、学校を休んだ。パオラと臨時のベビーシッターがぼくの面倒を見てくれた。微笑んでいるのに彼女たちの目には涙が浮かんでいた。あまりに急な話で、ママの死を実感することが出来なかった。ぼくは心療内科の医師のところに連れて行かれた。医師は優しかった。心の中にあることを、なんでもいいから言葉にしなさい、とその人は言った。でも、心の中は空洞だった。

二歳年下のリリーにも同じような経験があった。

「大好きな父だった。でも、なぜあの事故があり、君のママと私のパパは一緒に死んだのか、大きくなってから、私はその理由を突き止めたいと考えるようになった。そして、いろいろ調べているうちに君のお父さん、タイジ・サワナギに辿りついたの。タイジさんには息子がいることも分かった。それが君。私の名前はリリー・マルタン。母、勉江は中国出身です。父はパリ生まれのフランス人。リシャール・マルタン。第七大学で教鞭をとっていました。そこで仏日の翻訳家を目指していたあなたのお母様と出会うのです」

ぼくが敢えて覗かないようにしてきた、塞いだはずの穴の中をリリーは長年一人で覗き込んでいた。二十五歳の時、リリーはぼくの前に現れ、なぜだろう、ぼくに向かってこの年月の苦悩を語りはじめた。母にも兄にも言えなかったことを、初対面のぼくに向かって……。会いたくない、と言っても彼女はやって来て、でも、聞いてほしいのよ、と掠れた声で食い下がった。最初は仕方なく話を聞いたが、次第にそれが苦痛になって、ぼくはある日近寄ってくる彼女から逃げだすようになる。

「あなたのお母さんがなぜ私の父が運転する車の助手席にいたのか、知りたくないですか？　二人の間に何があったのか、私はずっと知りたいと思っていました」

「知りたくない。ママがなぜ君のお父さんの車に乗っていたか？　それはもうどうでもいいことなんだよ。そんなの一々解明しなきゃならないこと？　どっちだっていいよ、そんなこと。君のお母さんも、ぼくのパパも、誰もその忌まわしい過去を掘り返されたくないんじゃないか？」

「いいえ。二人の間には深い関係があったのよ」

「だからどっちでもいいよ、そんなこと！」

ぼくは思わず声を荒らげてしまう。席を立ち、『悪いけど、もう会う必要はないでしょう』と言い残してそこを離れた。けれども、その時の彼女の悲しそうな顔が心の中心に焼き付いて離れなくなってしまう。その表情には覚えがあった。何かを不意に切断された、幼い頃の自分自身の顔だった。あの震えるような瞳の奥に、消え去らない悲しみが潜んでいた。それから、本当に何気ない瞬間、彼女の顔をふっと思い出すようになる。

三年ほど前、ぼくの方から連絡をとり、二人はオーベルカンフで再会した。彼女が調べあげたという様々なことをぼくは再び辛抱強く聞くことになった。核心に触れるような事実は何一つなかった。つまり、ママと彼女の父親が交際していた明らかな証拠など何一つなかったということだ。やはりどうでもいいことだ、とぼくは思った。でも、彼女の執念は心に迫って来るものがあった。

「警察は事故だと結論づけた」

「何を言いだすの？　君のお父さんの運転ミスだったたって、大人になって、パパから聞かされた。二人はトルーヴィルへと向かっていた。そこに君んちの別荘があった」

「でも、ブレーキを踏んだ形跡がほとんどない。不注意にしては不自然じゃない？　あれほどの速度で、カーブで減速もせず、そのまま車線を横切り、反対側の林につっこみ、一本の木に激突している」

「夜だったから……。その上、街灯が壊れていたらしい。スピードを出し過ぎていたと警察の人が言ったそうだ」

「パパは運転が上手だった」

「何が言いたいの？」

「分からないけど、何かがあったのじゃないかって、推測しただけ。運転出来なくなるような、何か」

「馬鹿馬鹿しい」

けれども、想像以上の結論に達することはなかった。堂々巡り。出口が見つからず、ぼくらは苛立ち、喧嘩をすることもしばしばとなった。それでも、会うことをやめなかった。会わない期間が少し長くなると、どちらからともなく、連絡をとり、オーベルカンフのいつものカフェで向かい合った。彼女は決まって、母親のポンチョを頭からすっぽりと被っていた。ビスが付いた短めの革のブーツ、細いブラックジーンズ、母親のお下がりのグレー色のポンチョ、そして栗色のボブカット。どこから見てもそれはリリー・マルタンの恰好そのものであった。

そのうち、ぼくらは共に笑ったり、飲んだり、泣いたりするようになった。或いは映画を観に行ったり、食事をしたり、時間が出来ると寄り添うようになった。そして、ぼくらは愛し合った。

「いつまでも内緒には出来ないよ」

とリリーが言った。

「パパよりも君のお母さんの方がよほど手ごわい。ぼくのママのことを知ったら、間違いなく交際に反対する。反対どころか、決して会ってもらえなくなるかもしれない」

＊

パパが戻って来て、

「イネスは帰ったよ。よく分からん子だ。ええと、何の話だったたっけ」

とリリーに向かって微笑みながら訊いた。ぼくは素早く、

「そろそろ仕事に行かなきゃ」

と話を遮り、立ち上がった。パパは腰を浮かせたリリーに向かって、君のことはよく分かる。感じのいい娘さんだ。またおいで、大歓迎だよ、と笑顔で告げた。

3

ＭＲＩとＣＴの画像を眺めながら、キニャール先生は、やはり今回も特別な異変は認められません、と前置きした。

「外傷もないですし、問診を繰り返し、簡単な記憶力の検査もやりましたが、毎回、正常。不思議です」

一年前、パパがはじめて記憶を喪失した直後、キニャール先生が診察をした。その時、先生はあらゆる検査を一通りやった後、認知症などではなく、『一過性全健忘症』と結論づけた。一過性全健忘症は通常、かかっても一生に一度の頻度です、と先生は自信に満ちた口調で告げた。

「だから、安心してください」

しかし、そのひと月後、同じ症状になったパパを前に先生は『再発の確率は十から二十%なのです』と付け足した。ところが、その後、三度、四度とパパが同じ症状を起こすたび、『珍しいケースですね』と眉を顰(ひそ)めた。

「一過性全健忘症とは外傷やてんかん発作によらないまさに字のごとく一過性の純粋な記憶喪失のことを指します。通常脳波には異常なし、MRI検査でも特に問題は見つからない。近年、発作後二、三日経ってからMRIを撮ると脳の記憶中枢を司る海馬に異常な影が出た、というケースが報告されています。しかし、症状は完全に治ってしまうので、特別な薬はありません。血流が問題なら血栓溶解剤などを使うことも可能ですが、お父さんの場合は必要ない。つまり、症状は完全に一過性全健忘症と一致する。ただ、変な言い方ですけど、一過性なのに頻繁に発症する。ならば、普通の健忘症ということになりますが、そうじゃない。健忘症は記憶がすぐには戻らない。或いはずっと戻らない状態を健忘症と言うのですから」

キニャール先生は一過性全健忘症と一般の健忘症の違いについて、認知症やアルツハイマー、或いは記憶障害と比較して詳しく説明をしてくれた。

「突発的な記憶喪失。症状が持続する時間の長さ。睡眠をとると快復する。手足の麻痺のような神経学的異常はなし。てんかんの発作のような行動を伴わない。発症中でも意識や知識、判断力はいつもと変わらない。発作から快復するとほぼ完全に記憶を思い出すことが出来る。発作は二十四時間以内には消える。そして後遺症はない。お父さんに起きるこれらの症状は、まさに一過性全健忘症のものです。記憶がすぐに、しかも完全に元に戻るわけですから」

「じゃ、なんですか？」

　キニャール先生は首を捻りながら唸った。

「脳の中でも記憶に関係が深いと言われる海馬の血流が一時的に滞り、発症するのだろうと考えられていますが、実は一過性全健忘症そのものの正体が、まだよく分かっていない。脳は広大な宇宙です。人間には手つかずの未知の空間がまだ銀河に負けないほど広がっています。一過性全健忘症が頻繁に起こったとしても、私は不思議だとは思いません」

「どうしたらいいんでしょう？　不安です。いつか、大きな事故に巻き込まれるのじゃないか、といつもひやひやしている。二十四時間誰か介護の人間を付けることが出来ればいいのですが、そのゆとりはありません」

　キニャール先生は小さく頷きながら、

「しかし、発作が起きても異常行動をとるわけじゃないですし、『自分が誰か、何をしているのか』が分からなくなるだけで、もちろん、ご家族は不安でしょうが、かといって、すぐに事故に結びつくわけでもない。普通の人だって、不注意やぼんやりのせいで事故に巻き込まれることはあります。危険性というならその程度のものでしょう。判断力は継続しますし、知識や意識も普通にある。幸いなことに、発作中であっても、息子であるあなたのことを忘れたことがない。あなたの携帯に電話がかかってくる。大きな救いです。記憶喪失や健忘症なら催眠療法などで記憶を引き戻すという治療法もありますが、そもそも記憶がすぐに戻るわけですから、手術も投薬もする必要がない。唯一、そうですね、見守るしかないんです」

「このような状態で一生？」

「まぁ。……たぶん、きっと生きている限り」

＊

授業が早く終わる日は、普通のカップルがそうするように、リリーと映画やコンサートに出かけ、レストランで食事をし、或いは飲んだ後、彼女はそのままぼくのアパルトマンに立ち寄り、だいたいの場合、泊まっていく。リリーは勉江と一緒に暮らしているので、外泊する日はぼくのところにいることを勉江も理解していた。

少しずつ、リリーの荷物が増えている。クローゼットの中には彼女の洋服も交ざっていたし、パジャマなどが入った旅行バッグが寝室に転がっている。洗面台には彼女の化粧道具が一角を占拠し、ピンク色の歯ブラシがガラスのコップに挿さっている。同棲とは言えないけれど、気が付いたら、少しずつ彼女はぼくの世界を侵食しはじめていた。毎回、宿泊道具を鞄に詰めて持ってくるわけにもいかないのだから仕方がない。けれど、彼女の指輪を風呂場やキッチンで見つけるたびに、なぜか急かされているような気分になり、腰が引けた。リリーのことは好きだが、きっとまだぼくには結婚に対する心の準備が出来ていない。

そのような空気を察知して、彼女はぼくを試している。このまま部屋中に彼女のものが溢れてしまうのか、と考えると困惑する。

ママが死んだ後、確かにぼくは早く結婚をし、幸福な家族を持ちたい、と願った。

「パパ、ぼくは二人の子供の父親になる。もう名前も決めてあるんだ。上が男の子で、ミライ。下が女の子で、カコっていうんだよ」

パパはぼくの頭を摩って、微笑んだ。

「ジュール。パパだって、早く孫の顔は見たい。でも、小学生のお前が結婚のことを考えるのはちょっと気が早くないか？　大人になると、考え方も変わる。大人には、子供のお前がどんなに想像しても理解出来ない、大人の事情というものがある。これがとっても厄介でね、愛だと信じていてもなかなかそうならない現実というものもある」

「大丈夫。ぼくは幸せになりたいだけだ。とってもシンプルなことじゃない？」

「大事なのはそこに本物の愛があるかどうかだよ。いいかい、誰もが、愛を口にする。口にするだけじゃまだ愛は完成されない。植物と一緒で、芽を出し、葉を広げ、最後にその愛を実らせないとならない」

「お互いを必要とするほんものの相手を見つけるのがぼくの夢。その人と子供を作る。四人家族で最後まで幸せに生きていくよ」

中学生になった頃、初恋を経験したが、すぐにふられた。高校生になって真剣に結婚を考えたが、相手にぼくよりもずっと好きな人が現れ、あっさりぼくの下を去っていった。惨めで辛い別れだった。大学に入ると少しだけ相手を疑うことを覚えた。二、三度ささやかな交際をしたが、腰が据わらず、真剣なものには至らなかった。そして、大学三年生の時、日本からの留学生と恋に落ち、勇気を振り絞って告白し、結婚の約束を取り付けた。でも、その子が日本に戻って、半年後、音信が途絶える。共通の知り合いを介し、彼女が結婚したことを知らされる。しかも、妊娠をしてそのままゴールイン。そのあたりからぼくはパパが言っていた『愛を実らせること』が思いのほか難しいことなのだと気づきはじめた。幸福を求め過ぎるからいけないんだよ、とパパに窘められた。

「ジュール。失恋で落ち込むなんて馬鹿者がすることだ。そりゃ、こんなに人間がいるんだから、失敗もあるだろうよ。いろんな人間と数多くの出会いを持たなきゃ、真実の出会いには辿りつけない。生まれてはじめて出会った相手と一生添い遂げるなんて、そんなのはおとぎ話だ。みんな目移りもする。そういうものにびくともしない愛というものを探さなきゃ。お前はまだ大学生なんだから、落ち込む暇があったら、片っ端からいろんな女の子と経験を重ねた方がいい。そして、知ることだ。相手もそうやって知っていく。お互い様なんだよ。で、ある時に、最高の最後の本物の相手と遭遇するという寸法だ。失敗を恐れるな」

ぼくは大いに反感を持ってパパの話に耳を傾けた。聞き終わった後、なぜだか分からないけれど、頭に血が上って、目の前にあった花瓶を手で払い除け割ってしまう。その割れた花瓶を、パパがしゃがんで片付けた。その姿が、丸まった貧弱な背中が、ぼくを一層悲しませるのだった。

「自分だって、不幸なくせに」

と毒づいてぼくはアパルトマンを飛び出した。

＊

「お父様の病気のこと、お医者さんが分からないのじゃお手上げね。どうしよう？」

とリリーは言った。

「どうしようって、どういう意味？」

と訊ね返すと、リリーは黙ってしまった。

気まずさを誤魔化すように二人はお互いの温もりを手繰り寄せた。交接の最中、ぼくの頭の中には、リリーが言った『どうしよう？』が渦巻いた。それはこれから先の未来のことであり、現在のパパについてでもあった。キニャール先生が言った『たぶん、きっと生きている限り』のその限りの手前に横たわる全ての厄介にまつわる不安を指してもいた。

リリーがぼくの前に現れた時、この人の目には憎しみの冷たい光りが溢れていた。その冷たい光りに温もりが宿るまでの変化の記憶をぼくは大事に持ち続けている。普通の恋人たちが出会い頭に恋に落ちるのとは真逆のはじまりであった。ぼくたちはお互いのことなど一度も話さず、とにかく、死んだリシャール・マルタンと澤凪葉子の過去ばかり語り合っていた。

ある日、再会して二年以上過ぎた頃のこと、ふとした瞬間、ぼくは現在を生きるリリーについて何も知らないことに気づいてしまう。目の前に彼女がいて、眉間に皺を寄せ、目を閉じて考え込んでいた。ぼくらが囚われているものが全て過去であることをその瞬間知った。どのような因果があって今この人と向かい合っているのだろう、と思わず考えてしまった。そして、ぼくはついに質問をした。

「君は、どうして、今ここにいるの?」

閉じていた彼女の目が開いた。アーモンド色の薄い瞳がぼくの目の芯を捉える。もし、父の質問、「二人はいつ出会ったのか?」に正確に答えるのであれば、この瞬間であった。お互いの視線がぶつかって、はじめて目の前にいる異性の存在を意識した瞬間であった。リリーの眉根がぐっとにじり寄るように動き、もやもやを断ち切るような所作が続いた。そして、そうね、と小さく自問した後、

「それはものすごくミステリアスな問いかけね」

と大きな声で告げた。ぼくらは暫く見つめあい、慌ててどちらからともなく視線を逸らした。その次の瞬間からもう、囚われた何かが動き出す予感のようなものが芽生えていた。ぼくはリリーが何者で、どういう生い立ちなのか、その時まで何一つ知らなかった。ぼくらは生きている今の自分たちのことは見ず、死者の過去の行動ばかり追いかけていた。これは奇妙なことだ。だから、思わず口元が緩み、ぼくは噴き出してしまう。

すると、何、とリリーが小首を傾げた。

「いや、だって、君の職業とか、生い立ちとか、何度も会ってるというのに、実は一切知らないんだからね。ちょっと変だよ」

ぼくが告げると、リリーは微笑んだ。

「死なない虫の研究をしているのよ」

「死なない虫？　そんなの存在する？」

「いえ、実際は死ぬけど、聞いたことないかな？　クリプトビオシスって」

ぼくが首を横にふると、

「water bear って知ってる？」

とリリーが続けた。聞き慣れない単語が不意に発せられ、それが二年間も親の事故について語り合ってきた同じ人間の口から発せられた言葉とは思えない、妙によそよそしい、そして、新鮮な違和感を伴ってぼくの頭の中で反響しはじめた。

「water bear ってどっかで聞いたことがあるような気がする。でも、気がする程度で、実際には何の事かさっぱり見当もつかない」

　リリーは携帯を取り出し、保存されていた写真の中から、何枚かをぼくに提示した。ハリネズミとかクマのようにずんぐりとしているが、四対八脚の足があり、掃除機のホースみたいな奇妙な体軀で、先端にロボットのような頭部があり、虫と言われれば虫だが、非常に悍（おぞ）ましいルックスで、それは子供だましのＳＦ映画なんかに出てくる怪獣にそっくりであった。

「この water bear は確認されているだけでも千種類以上が地球上に存在してるのよ。体長は、そうね、だいたい五十マイクロメートルから大きくても一・五ミリくらいかな」

「そんなに小さいの？　怪獣みたいにでかく見える」

「熱帯にも棲息してるし、なのに極寒の地域にもいる。超深海の底にもいれば、何千メートルの高山にも棲息している。或いは温泉の中にだって……。海洋、陸上、この地球上のほとんどの環境に適合している。これでも動物なのよ。緩歩（かんぽ）動物って呼ばれている。

強い耐性があって、劣悪な環境でもなかなか死なない。実際には、ぷちっと潰しちゃえば呆気なく死んじゃうんだけど。寿命は一、二か月……」

リリーが笑った。ぼくは携帯画面をスクロールして様々な water bear の写真を確認していった。映画の美術スタッフがデザインしたのかと思わせる、いろいろな種類の、それぞれとっても個性的な怪獣たちが、ある意味、とってもユーモラスに液晶画面の中でポーズをとっていた。

「最初に言った、クリプトビオシスっていうのは無代謝の休眠状態のことを指す。環境が過酷で劣悪になると、生物としての代謝を自ら止めて、乾眠と呼ばれる状態に入る。その状態をクリプトビオシスと言うの。私の専門はこの奇妙な虫の方ではなく、クリプトビオシス」

「まず、今、君がずらっと並べ立てたこと、悪いけど全部さっぱり分からない。そういう虫？　緩歩動物だっけ？　あの怪獣みたいなのが世界中どこにでもいるわけ？」

「ええ、いるわよ。世界中至るところに、水がある場所なら。すごいのは、乾眠状態になった water bear に水を与えれば、再び動きだす。歴史ある博物館のとっても古い苔の標本から採取した百二十年前の water bear の乾眠個体に水をかけたら蘇生したという話もある。本当か嘘か分からないけど」

親の事故死の真相究明を真剣に訴え続けてきた昨日までのリリーとは明らかに違う彼

女がいた。口調は独特の速度を持ち、学者らしいと言えばそのような雰囲気で、的確に言葉を選び出しながら、淡々と物事の輪郭を伝えてくる。冷静で知的だった。ぼくは彼女の話に引き寄せられ、頭の中には蘇生し動き出す怪獣の絵が出現した。

「体重の約三%まで水分が激減し乾燥しても、water bear はクリプトビオシスになり生きのびることが出来る。百五十度の高温から絶対零度の極低温まで、真空から七万五千気圧まで耐えることが出来るのよ。宇宙空間の実験で十日間生存したことが報告されている。放射線にも強い。人間は五百レントゲンが致死量だけど、緩歩動物は五十七万レントゲンまで耐性がある。ねェ、すごくない？」

「そんな生き物いる？　一旦死んだものが蘇生するだなんて……」

「クリプトビオシスとは『隠された生命活動』という意味。死んでるように見えるだけで、実際は死んでない。蘇生ではなく、生き返るように見えているだけ」

ぼくたちは暫く見つめあった。生き返るように見えているだけ、という響きが、今の自分の真理を突かれたような衝撃を持ち込む。

同時に、リリーの笑顔をちゃんと見た最初の瞬間でもあった。この人がなぜこういうものを研究しているのか、興味が湧いた。怪獣のような虫のことは別にどうでもよかった。彼女が毎日大学に行き、どこかの研究室で顕微鏡を覗き、悍ましくもユーモラスな恰好の生き物と会話しているところを想像するのは愉快なことであった。

「リリー、結婚以外の君の夢は？」

寝ているかもしれなかったが、小さな声で訊いてみた。すると、数秒の間が空いた後、

「緩歩動物やクリプトビオシスに関する研究ならばだんぜん日本がトップなの。アメリカとかカナダとかフィンランドとかがそれに続く。残念なことにフランスの大学はどこも研究していない。フランスでは国立科学研究センターと私が所属している国立自然史博物館が細々と共同研究を行っている程度。でも、私は世界に負けないクリプトビオシスの第一人者になるのが夢なの」

と返ってきた。目は閉じたままだったが、はっきりとした主張であった。

「それ以上に、やっぱり、幸せな家族を持ちたい。午前中、研究室に出かけ、顕微鏡を覗き、water bear の日々の営みを観察してレポートを書き、午後早い時間には仕事を終えて家に帰る。結婚生活に影響はない。朝ちゃんとやるべきことをやってから研究室に行き、やるべきことを終えて家に帰る。ずっと、君の傍にいて、君や子供たちの世話をしながら、その合間に愛おしい water bear の世界を顕微鏡で覗く、穏やかな二重生活。研究と子育ては両立出来るし、どちらもいい気分転換になる、ストレスもない。だから浮気もしない。ジュール以外の人を好きになることもない。ばっちりでしょ？」

ぼくはなぜだろう、うん、と返事をしてしまう。この人はもしかしたらぼくがずっと探し求めていたパートナーに相応（ふさわ）しい、信用出来る人物かもしれない。安堵（あんど）を覚えなが

ら二人の未来を少しだけ明るく想像することが出来た。リリー・マルタンは欠伸をした後、ぼくの腕にしがみ付いてきて、

「よかった。私のささやかな夢を実現させてください」

と掠れ声で甘く囁いた。そしてまもなく、穏やかな寝息が聞こえてきた。

*

クリプトビオシスについて考えるようになる。メトロの駅の階段を大勢の人々と一緒に上り下りしながら、或いは、生徒たちを前にフランス語の文法について語っている最中なんかに、もしくは行きつけのカフェで日替わりランチに舌鼓を打ちながら、あの奇妙な虫のような緩歩動物の water bear が頭の片隅でもぞもぞと動き出す。

ぼくはメトロ駅の出口辺りでオペラの街角を見回しながら、或いは、教科書を机の上に置いて窓の外に広がるオペラの青空へと目をやりながら、時には、フォークとナイフを止め、皿の上の肉汁ソースに塗れた肉の塊や添えられた葉っぱの綺麗な葉脈の模様へと視線を這わせながら、ここにも彼らは棲息しているというのか、と考えた。一枚の葉っぱを手に取り、顔を近づけてみる。世界中あらゆる場所に water bear はいる、とリリーは言った。葉脈に沿って視線を辿る。この葉のどこかに隠れ潜む water bear を探

した。日本語ではなんというのだろうと興味を覚え、グーグルで検索すると、『クマムシ』と出た。やはりクマだ。あのようなユーモラスな恰好をしたミクロサイズの生命体が気づかない見えない世界で暗躍しているのだ、と考えると、日々の悩みも一瞬霞み、相好が崩れる。そして彼らは生命環境が適さなくなると死んだように活動を停止するのだという。寿命は一、二か月だというのに、寿命よりも遥かに長い期間、乾眠状態を維持することが出来る。その間、いったいどのような力が、或いは何が彼らの命を繋ぎ続けるのであろう？　宇宙空間でも乾眠出来る彼らは、命のカプセルのようなものか。もしかしたら生命の素はそうやって宇宙からこの星に辿りついたのかもしれない。この星に水があったおかげで、隕石（いんせき）の穴の中に隠れ潜んでいたクマムシ型生命体が眠りから覚めて動き出したのかもしれない。彼らは卵を産むが、オスとメスによる両性生殖で繁殖するグループと、雌雄同体のグループ、またはメスのみによる繁殖、単為生殖で子孫を増やすグループがある、と図書館で借りた専門書に書かれていた。対を作らずとも繁殖が出来る。神の意志の以前に位置する生き物かもしれない。核戦争とか天変地異によって地球上から生き物が消え去った後、再び、長い時を経て彼らはモソモソと動き出すのであろう。このミクロの生命体は生物の素と言うことも出来る。このようなことを、日々、リリーは考えている。今まで見ていた世界の見え方が変わった気がした。

「ジュール。君の中で君のお母さんはあの日以来ずっと死んでいる。現実の世界で君はお母さんと会うことが出来ないのだから、死んだ、と言うのが正確な表現でしょうね。でも、君はお母さんのことを、死んでいる、と位置付けてない？　あの日以来、君はお母さんをわざと死なせている、と考えることも出来ない？　もちろん、それは私だって一緒。パパを乾眠状態にさせて、一時的に凍結している。でも、何かふとしたきっかけで、君の心がお母さんを欲した時とか、必要な時に、水をかけてやると、君のお母さんはクリプトビオシス状態から蘇生するんだわ。それは『生』でも『死』でもない、どちらでもない状態を指すのじゃないかしら。生きているのだけど、死んでいる状態。死んでいるのだけど、どこかで生きているような感覚。分かる？」

*

リリーが顕微鏡を覗きながら、そのようなことを嚙み砕くような感じでしっかりと丁寧に告げた。ぼくは彼女から少し離れた場所に立ち、国立自然史博物館内にある彼女の研究室を見回した。生の water bear を見てみたいと頼んで実現した訪問であった。研究室の天井は高く、窓も広く、書棚には分厚い書物が並び、四隅に大きな机が配置されていた。でも飾り気のない、無味乾燥な部屋でもあった。普段はそれぞれの研究者が背中を向けあう恰好でそれぞれの研究に没頭しているのに違いない。その時はぼくら以外誰もいなかった。窓際の一つがリリーの机で、大きな顕微鏡がどんと中央に置かれてあった。机の脇の湿度管理されているガラスケースの中には、ビーカーや試験管がずらりと並んでいた。

「見る？」

おもむろに顔を上げ、リリーがぼくに向かって告げた。ぼくは恐る恐る近づき、微笑みを浮かべる彼女に勧められるまま、顕微鏡を覗き込んだ。写真で見たものよりもずっとグロテスクな怪獣がいた。目があったような気がしたが、目のように見えているものが本当に目なのかどうか、よく分からなかった。確かにずんぐりとしたクマのような恰好をしていたが、写真よりももっと輪郭が曖昧で、書きかけの線画のような体軀を保持しており、アメーバみたいに中が透けて見えた。もぞもぞ動く様子は、放置された赤ん坊のようだ。透けて動く幽霊のような赤ん坊……。

「これが water bear?」

「ええ、可愛いでしょ？」

「強制的に劣悪な環境下に置いて、クリプトビオシスの状態にさせるの？」

「そうよ。いろいろな条件下で乾眠させ、蘇生させる。このケースの中に入ってるのが、現在乾眠状態にある water bear たちよ」

ぼくは振り返り、ガラスケースの中の試験管やビーカーを眺めた。扉が開き、大学生のような若い彼女の同僚がやって来て、リリーに頬ずり（bise）をした。

「あ、もしかして、君のお兄さん？」

とその男はぼくを見ながらリリーに耳打ちした。ぼくは視線を逸らした。

「いいえ、違うわ」

リリーは余計なことは言わなかった。リリーは中国人の血が半分混ざっている。白人のフランス人からするとぼくらは十分にエキゾチックな同系統の顔立ちに見える。幼い頃から、絶えず繰り返し、訊かれてきた質問。『君のオリジンはどこ？』リリーとぼくが兄妹（きょうだい）に間違えられて、ちょっと愉快でもあった。二人が専門的な話をはじめたので、ぼくはもう一度顕微鏡を覗き込み、やり取りが終わるのを待った。

長いことママを記憶の中から消し去っていた。あの事故を容認したくなかったし、最愛の家族の死を受け入れることが出来なかった。怖かったし、いろいろな想像が頭の中で広がり、小さなぼくの心を苦しめるものだから、いつしかママの記憶を遮断してしまっていた。パパはぼくとは少し違う理由でママのことを忘れようとしていた。だから、ぼくらの生活の中で必然的にママという記号が削除されてしまうことになる。家族写真が小さな子供用トランクに仕舞いこまれ、長い年月隠されてしまったように。でも、リリーが言うように、ぼくはママのことを完全に排除したわけではなかった。必要な時に彼女はぼくの夢枕に立ったり、ぼくの日常を幽霊のように掠めていったり、記憶装置を通して、ぼくの心の中、もしくは頭の中に投影され、実際に生きているように動き回ったりした。記憶のクリプトビオシスと言うことが出来る。記憶されていたものが不意に蘇って意識の中に立ち現れるのは、乾眠状態から覚めて動き出すクマムシの行動に似ていた。ママはリリーが言うように、死んでいるように見えているだけかもしれなかった。死んでいるように見えているだけ、という仮説が新鮮だった。そう思うことでなんとなく過去と和解出来た感じにもなる。一方で記憶力が壊れはじめたパパには難しいだろう。パパはむしろ彼自身が緩やかに眠りはじめているのだから。生きているのに、死にかけていた。

＊

夕方、ぼくらは研究室を出た。セーヌ川沿いに石畳の遊歩道があり、そこを並んで歩いた。犬を連れた老夫婦とすれ違う。毎日、彼らはこうやって二人並んで寄り添って散歩しているのに違いない。いつもの道、いつもの時間、いつもの会話、それをおそらく何十年と続けている彼らは、それ自体がまさに幸福をそのまま額縁に収めた作品のような存在でもあった。

「もし、ぼくらが結婚したら、パパと君のお母さんが会わないわけにはいかない」

リリーが立ち止まる。ぼくらは向かい合った。夕陽に縁取られた切なく儚い世界が目前に広がる。高木の葉先に、揺れるセーヌの川面(かわも)に、対岸の建物の窓縁に、通過するバトームッシュ（セーヌ川の名物遊覧船）の船体に、今日最後の光りが降り注ぎ、淡くきらきらと瞬いている。何もかもが長閑にたゆたっていく。けれども、どんなにその速度がゆっくりであろうと、瞬きも、流れも、ゆらめきさえ、そこに留まり続けることはない。常に今を過去へと変えていく。

「あの二人、絶対に話が合わない」

リリーが通り過ぎた老夫婦を振り返る。

「え？　どの二人？」

「違うよ。パパと勉江」

ぼくが付け足すと、リリーが困った顔をしてみせた。その瞳の中にも赤みを帯びた光りがうっすらと宿っている。終わらない一日はない。昼が終わると夜がやって来るように。終わらない一生はない。生が終わると死がやって来るように。

「確かにそれは絶望的、気が重い」

とリリー。

「でも、結婚するならあの二人を引き合わせるしかない」

「ええ、分かってる。フランシスに頼む。彼がうまく間に入って、やってくれる」

「どうかな。パパは健忘症の上に頑固者だし、君のママはあの通り」

「その上、日本人と中国人」

　ぼくらの視線がぶつかる。意外な意見であった。

「それは関係ないよ。少なくともパパは偏見を持たない」

「勉江だってそうだけど、でも、そうは言っても歴史的問題は無視出来ない。私たちの世代、とくにこっちで生まれた二世、三世の中国系フランス人には日本に対する特別な感情はたぶんない。日本のアニメ観て育ってるし、歴史を学ぶ上で、その、もちろん中国を侵略した国というイメージはあるけど、でも、ドイツとフランスだって仲がいいし」

　ぼくは思わず鼻で笑ってしまった。

「君の言い方、まるでそうじゃないみたいだ。とにかく、パパは大丈夫だと思う」

　その後、言葉が続かなかった。考えたこともなかったが、パパの世代は中国に対してどのような意識を引きずってきたのであろう。日中の仲が悪いのは双方の国の政治的な戦略のせいだとずっと思っていた。或いは、欧米やロシアがアジアを一つにさせたくはないから、アジアが一つになったら経済的に歯が立たないから、裏で誰かが仕組んだことなのだろう、くらいに思い込んでいた。もちろん、意識の底には中国への虞(おそ)れもあった。でも、それはぼくだけじゃなくフランス人の同級生たちが共通して抱える認識でもあった。だからといって、どこの学校にも一人や二人はいる中国系の子たちに敵意なんか感じたことはない。むしろアジア人同士の繋がりの方が強く、よく漫画を貸しあったし、日本のアニメについても議論した。憧れていた中国系のユーチューバーは日本のことをよく題材にし、日本文化を広め、百万人近いフォロワーに支持されていた。ぼくにとっては彼こそが中国への入り口でもあった。フランス生まれのぼくたちには敵対する意思はなかったし、それが問題になるだなんて思ったことさえなかった。

「いえ、ジュール。私や君は結局のところフランス人だからね。でも、君のパパは死ぬまで日本人だし、私のママだって、生粋(きっすい)の中国人。フランスで死ぬことを選ぶかもしれないけど、それでも、彼らの祖国はフランスじゃない。中国と日本。ここを勘違いしちゃだめよ」

「なんか、ロミオとジュリエットみたいになってきた」

リリーが噴き出した。でも、すぐに真面目な顔を取り戻し、

「勉江は日本が好きじゃない。私は知ってる。いい印象はない、と言ってた」

と暗く告げた。

「たまたまだよ。そんなのこの国にだってある。ぼくの大学時代の友人、とくにアメリカ人は、最後までフランス人を理解出来なかった」

「いえ、はっきり言うけど、歴史のせいよ」

今度はぼくが視線を逸らした。観光客を大勢乗せたバトームッシュが目の前を通り過ぎていく。アジア系の観光客がほとんどだ。もちろん、韓国人や日本人もいるが、ほとんどが中国人。でも、この距離からだと誰が中国人で誰が日本人なのか区別がつかない。

「結婚はぼくら二人の問題じゃないの？」

「ジュール。君がそう力強く言ってくれるなら、心配しないよ。でも、君がお父さんの気持ちに配慮したりすると影響が出る」

「だから、パパは大丈夫だってば。むしろ勉江の方が……」

リリーが黙った。怒りの矛先をぼくにぶつけてくる。ぼくのママは彼女の父親と最後の瞬間まで一緒だった。夫の横に同乗していた女性の息子が、娘の恋人だと知ったら、勉江はひっくり返るに違いない。リリーの厳しい視線はそのことをぼくに訴えている。

# 4

日曜日の昼過ぎ、ベルヴィル公園の縁沿いにある勉江のアパルトマンにいた。ぼくは昼食に招かれた。フランシスと彼の妻、オディールが一緒であった。勉江が料理をしている間、ぼくらは見晴らしのいいサロンの大きなテーブル席に座し、フランシスが持ってきたロゼワインを味わいながら、どうでもいい世間話、たとえば発癌物質をどのようにして食生活の中から退けるか、欧州の格安航空会社はどこが一番安全か、などというたわいもない会話をしていた。もともと予定されていた家族の集まりに、リリーがぼくを無理やり誘った。勉江はぼくを認めた途端あからさまに顔を強張らせた。ぼくの参加をリリーは勉江に伝えていなかったのだ。ぼくは持参した花束を勉江に差し出しながら、

「押しかけてしまい申し訳ありません」

と謝った。いいのよ、と勉江は呟き、花束を近くにあったアンティークの中華椅子の上に置いてキッチンへと消えた。

「ジュールが来るならもっとちゃんとしたものを用意しておいたのに。今日は、あんた

たちだけだと思ったから、たいしたもの用意してないのに」

とキッチンで勉江の声が響いた。フランシスが、

「何かパリストアで調達してこようか？」

と大きな声で申し出たが返事は戻ってこなかった。オディールが立ち上がろうとしたフランシスの腕を引っ張り、

「大丈夫、ああ言ってるだけで、いつもすごいのが出てくるじゃない」

と笑いながら告げた。フランシスの妻、オディールはどうやらその訛りから、マルセイユ出身のようであった。がんばって標準語を話そうとしているがマルセイユ独特のイントネーションが抜けない。それでも、このメンバーの中で唯一、フランス生まれの生粋のフランス人であった。

「あなたたち結婚するんだって？」

オディールがぼくに向かって訊いた。ええ、とリリーが即答した。オディールが微笑み、

「いっぱい気を遣わないとならないからね、覚えておくといいわよ」

と忠告した。

「ちょっと、オディール。余計なイメージをジュールに与えないでくれる？」

「でも、ある程度知っておいた方がいい。私だって、結婚当初は随分と気を遣ったし、

あのね、ジュール、お母さんが怖いって言ってるのじゃないの。私は彼女のこととっても好きよ、つねに自然体だし、誰よりも賢いし、人一倍ガッツがある。でもちょっと普通じゃないのよ。その、なんて言うの？　昔はメインランドの新聞社で校閲の仕事をしていたらしい。校閲、言葉を管理していたの。中国の言語を。それだけじゃない、中国のことをよく知っている。中国の悪口は禁物よ。あなたのお父さんは日本人」

「オディール！」

　と今度はフランシスがオディールの話を遮った。オディールは肩を竦めてみせた。

「気にすることはないよ。ぼくはあの父とこの母を見て、そしてこの頑固なリリーと共に育ったんだからね、反面教師。だから、ほら、この通り、ぼくは家族の中で誰よりも物分かりがよく、心優しい善良なパリジャンになりました」

　オディールが笑った。よく言うわ。

「勉江、どんな人生を生きてきたんだろ？」

　とぼくが告げると、三人は笑うのをやめた。フランシスが続ける。

「ママはもともと北京大学で言語学を専攻する大学院生だった。まだ、女性の研究者が少ない時代だったとよく自慢してた。パパは何かの研究のために、同じ大学にいたんだ。三か月とか、その程度。二人は恋に落ちた。どっちかというと、ママが一方的にパパを好きになった感じ。当時、パパにはフランス人の奥さんがいたわけだし。そう、あれ？

それ知らなかった？　でも、ママはパパを追いかけて、パリに渡り、まず、いきなり奥さんを訪ね、自分たちの関係をばらしてしまう」

慌ててリリーがフランシスを遮った。

「違う。関係なんかなかったってパパが言ってた。手も繋いだことがなかったって」

「そうかもしれないけど、そんなことママには関係ない。好きになったんだから、パリまで追いかけた。とにかく、パパが大学から家に戻ってみたら、家には、奥さんじゃなくて、ママがいた」

フランシスが鼻で笑った。

「すったもんだの挙句、分かるでしょ、前妻との裁判とか、いろいろとあって、パパは離婚を決意。二年後、二人はフランスで結婚している。ママは初恋だったのよ」

リリーが付け足した。

「パパが死んだ後、ママは独身を貫いてる。それがちょっと厄介なんだよ。パパはまだ彼女の中で生き続けてるんだ。死んだように生きている」

勉江が大皿に盛られた料理を運んできて、窓際のテーブルの上にボンと置いた。

「手伝ってもらえる？」

勉江が告げると、フランシスがまず立ち上がった。オディールが続く。

「ママは私よりもずっと自分を持っていて、自分を信じていて、まっすぐ疑うことのない未来を見つめていて、私よりも誰よりも強い女なのよ」

とリリーがぼくに耳打ちをした。

*

勉江が作った料理は、パパの料理とどこか根本のところで相通じるものがあった。中華料理と日本料理なので味はもちろん違うけれど、伝わってくる料理人の気質というのか、味付けのダイナミックさや譲らない感じ、姿勢とか信念のようなものが、共通していた。一口、頬張って、すぐにパパのことを思い出した。子供の頃に嗅いだ食卓の香り、そして、まな板を叩く包丁の、とんとん、という響きまでがそっくり。キッチンで一人もくもくと料理に打ち込むパパの後ろ姿に重なる勉江の佇まいを想像してしまう。毎日、家族のために料理をし続けた親の姿は、ぼくとリリーの共通の記憶でもあった。勉江が拵えた卵スープはパパの味噌汁を思い出させたし、勉江の油淋鶏（ユーリンチー）はパパのから揚げを、酢豚は肉じゃがを、鱸（すずき）の蒸し煮は鯛の湯引きを、勉江の焼きそばは澤凪泰治（タイジ）の特製焼うどんを彷彿（ほうふつ）とさせた。

「美味しい」

思わず言葉が出た。噛みしめた途端、感情が溢れ出し、喉元から勝手に飛び出した。

一同が顔を上げ、ぼくを見る。思わず相好が崩れた。

「とっても美味しいです」

勉江はすぐに視線を逸らし、料理に箸を付けた。この人が子供たちを大切に育ててきた長い歳月というものが見えた。ぼくの口元は緩みっぱなしだった。

「それが自慢で」

とフランシスが嬉しそうに言った。

「ええ、お母さんの中華料理は世界一よ」

オディールが付け足した。リリーと目があう。うっすらと微笑んでいる。でも、次の瞬間、頭の片隅にあの事故現場の映像が蘇る。ぼくはパパがこっそりと隠し持っていた事故現場の写真を、サイドボードの一番下の引き出しの中で発見した。高校一年の夏休みのことだった。新聞の切り抜きで、大きな樹木の根元に大破した車の無残な残骸が大きく写し出されていた。写真に対して記事は小さく、大学教授と同乗者が死亡、と書かれてあった。なぜ、そんな切り抜きをパパは保存していたのか。文房具なんかが入れられている木箱の中に折りたたまれて仕舞われてあった。

あの事故から長い年月が流れている。けれども、残された者たちの中でその出来事が消え去ることはない。ざらついた感触の記憶がいつまでも薄れることなく、頭の片隅に置き去りにされていた。

「あの、ちょっとお知らせが……」

とオディールが切り出した。

「私たちに赤ちゃんが授けられることになったんです」

オディールは勉江に向けて笑顔で告げた。ほんと？　リリーがフランシスの顔を覗き込んだ。

「予定日はクリスマス」

「すごい！」

「おめでとうございます」

ぼくがオディールに言った。ありがとう。とっても嬉しくて。

虚を衝かれ、放心していた勉江の顔がみるみる緩みはじめ、目がほんのり赤らむと、次の瞬間、大粒の涙が切れ長の目元から溢れ落ちた。それは産み落とされるような感じで頬を流れ落ちた。勉江は席を立ち、顔を隠すようにして、キッチンへと消えた。

＊

三月初旬、パリ市内のそこかしこで美しい小さな花が朝一斉に開花した。ぼくとリリー・マルタンはトルーヴィルまでレンタカーを借りて出かけた。気が重く、気の進まない旅であった。どうしてもリリーが一度、事故現場を見ておきたいと言い張った。パパを一人にすることは出来ない、と告げたが、結婚する前に二人で花を手向（たむ）ける必要がある、と彼女は譲らなかった。パパのことが心配だったが、その時だけイネスに泊まり込んでもらうことにした。それに、トルーヴィルはパリから二百キロ、戻ろうと思えばすぐに戻れる距離であった。

　パリを出て、高速道Ａ13号線に入り、セーヌ川がイギリス海峡と合流する地に広がる双子の街、ドーヴィルとトルーヴィルを目指した。かつて、マルタン家の別荘が海沿いの丘、トルーヴィル市街地にあった。事故の後、勉江は真っ先にそこを手放した。

　本来ならば、Ａ13号線のインターチェンジを下りたら、十数キロでトルーヴィルに着く。けれど、二人が事故を起こした場所は、オンフルールとトルーヴィルとの中間地点、海沿いの細い県道Ｄ５１３の中ほどであった。なぜ、わざわざ遠回りをしてその道を通ったのかが分からなかった。もしかすると、オンフルールに立ち寄ったのかもしれない。

「パパはオンフルールに、とっても贔屓（ひいき）にしているビストロがあってね、きっと、そこで夕食を食べたのだと思う」

「じゃあ、君のお父さん、飲んでたんじゃないか？」

「うん、たぶんちょっとは……」

　パリを出て、二時間半、保険会社の記録に残っていた住所に到着した。ヴィレルヴィルという小さな村を過ぎて一キロほど走った場所に大きなカーブがあった。しかし、周辺に高木は見当たらない。事故現場かどうか分からなかったが路肩に車を停める。見晴らしのいい、長閑な田舎道である。当日は霧がかかっていた、と記録が残されていた。その上、不運にも、あたりに唯一あった街灯がその日は切れていた。しかし、事故に繋がるような霧ではなかった、と報告書には付記されてもいた。恐る恐る、ぼくらは車を降りた。

「ここかな。でも、高木はないね」

ぼくの声が届かなかったのか、少し離れた場所に佇み、リリーが項垂れ、足元を見ている。近づくと、切り倒されたのであろう、大きな古い切株があった。リリーの瞳に涙が溜まっている。ぼくは彼女をそっと抱き寄せた。ここでママが死んだ、と不意に実感し、心が張りつめた。リリーの腕がぼくの腰に回される。二人は心が落ち着くまでそのまま動かずじっとしていた。温もりだけが二人を繋ぐ。リリーの指先がぼくの腰に食い込んだ。

「優しい人だった。幼い私はパパの膝の上にのっかって、よく絵本を読んでもらった。勉江とは異なり、はっきりと物事を形にしない、結論をあまり急いで言葉にしたがらない人だった。ぼそぼそっと低くて小さな声で喋る。声を荒らげることも、もちろん、怒られたことさえなかった。ママとパパは正反対の人間だった。だからこそ、素敵な夫婦だと私は思っていた。お互い、ないものを、欠けているものを補っているような関係。少なくともママはそう思っていたと思う。寛大で物静かなパパの性格を、自分にはない、尊いものとして捉えていたはず。ねぇ、君のママはどんな人だった？　私の想像だけど、パパに似てたんじゃないかしら？　勉江とは正反対の人だった気がする。だから、パパが好きになったのかな」

ぼくはその質問には答えなかった。でも、リリーの推測は当たっている。ママはマルタン氏に似ていたかもしれない。物静かな性格、ママに怒られたという記憶がない。怒るのはいつもパパだった。もちろん、怒るといっても語気を強める程度で、手をあげられたことはなかった。生前、どのような経緯があり、二人が親しくなったのか、そして、事故があった日に何が起こったのか、リリー同様、知りたくもあった。でも、やはり、それは過ぎ去った出来事でしかなく、掘り返す必要のない昔話であった。

リリーがぼくの胸から離れ、あ、と言い残して不意に走り出したので、慌てて彼女を目で追った。広がる牧草地へと向かっている。放牧された羊たちが逃げ出さないよう、広い区域が柵で囲まれていた。遠くに羊を追う牧人の姿があった。リリーは柵に辿りつくなり、

「すいません！」

と大きな声で牧人に呼びかけ、手を力の限り振った。麦わら帽子を被った背の高い羊

飼いはリリーに気が付き、ゆっくりと振り返る。リリーは何度も大きく手を振り続けた。

「お仕事中、すいません。ちょっと訊きたいことがあるんです。この辺りで、二十年くらい前に、交通事故がありまして、二人が亡くなっています。そのことで何かご存じゃないでしょうか?」

近づく男に向かって、リリーは大きな声を張り上げた。男はぼくらの前までやって来ると、立ち止まり、記憶を手繰るようなそぶりをしてみせた。

「あそこにポプラの木があった。事故のせいで幹に亀裂が入り、危険だというので切り倒された。それくらい痛ましい事故だったよ。ご遺族の方?」

「ええ、そうです」

凍り付くリリーに代わって、ぼくが返事を戻した。ぼくは彼女の肩をそっと抱き寄せながら、何かご存じですか? と牧人に質問した。男は遠く記憶の彼方(かなた)を仰ぎ見るような感じで、

「残念ながら、その瞬間を見た者はいない。あれは、真夜中に起きた。でも、発見されたのは翌朝だった。警察が言ってたけど、かなりのスピードが出てたと。そのくらいしか覚えてないな。パリから?」

「はい。ここで間違いはないんですね?」

リリーが念を押すと、男は切株を見つめながら、ああ、と静かに肯(うけが)った。

「この先にオーベルジュがある。そこのご主人が第一発見者だったと思うよ。警察に通報したのも確か彼だった。寄ってみたら？　当時のことが、何か分かるかもしれないよ」

と、男は道の先を指差しながら告げた。

切り倒された高木の切株にパリから持ってきた花を供え、ぼくらは手を合わせた。その後、教えられたオーベルジュへと向かう。そっとしておきたい古傷のような過去を掘り起こしていいものか、悩みながら……。

*

県道D513側に広めのテラス席が迫(せ)りだしており、ぼくらは三月の日差しを受けた一角のテーブルを占拠し、恰幅のよい白髪白髭の亭主と向かい合った。朴訥(ぼくとつ)としているが、目尻に深い笑い皺があり、優しげな人柄を物語っている。ぼくらが暗い用件を伝えている間、男は柔らかい表情を崩すことなく、静かに耳を傾け続けた。何か知っていることがあれば教えて頂きたい、とぼくが告げると、何度か頷いてみせた後、彼は口を開いた。

「あの日は、たまたま、早起きしたもんだからね、散歩に出た。朝の六時過ぎだったかな。写真が趣味なんだ。カメラを抱えて、鳥や、羊や、平原や、森など、いろんなものを撮影する。事故現場にあった大きなポプラも、四季を通して、撮影してきた。ちょうど、ポプラの向こうに太陽が昇るもんだからさ、いい絵が撮れる。たまにドーヴィルの画廊で個展なんかもやるんだ。その日もポプラを撮りにカメラと三脚を担いで出かけた。そしたら、一台の車が木の根元に停車してた。最初は誰かがそこで休憩しているのだろう、くらいに思っていた。でも、おかしいぞ。道からポプラまでの間に車が入れる側道なんかないし、かなりの段差もある。よく見ると、ボンネット辺りにうっすらと白い煙が立ち上っている。近づくと、前部がぺしゃんこになってた。その時はじめて事故だと気が付いた。こりゃ、大変だ、と思って、すぐ警察に通報した。警察が来るまでの間、時間があったから、生存者がいないか、確認をした。水滴のようなものが、びっしりガラスを覆っていて、中の様子が今一つよく分からなかった。膨らんだエアバッグを抱えるような恰好で、運転席と助手席の男女がぐったりしていた。窓をノックしたり、声をかけたけど反応はない。ドアを開けようと試みたが、両ドアともぺしゃんこになっていて、動きやしなかった。男性は目を閉じていた。女性はぐったりとして、前のめりになっていた。顔は確認出来なかった。ぶつかった直後にはまだ意識はあったのじゃないか、と思った。というのも、男性が女性の手を握りしめていたからだ。私の勝手な推測だけど、車が木にぶつかった後、意識の残っていた男性が女性を救おうと、手を伸ばしたのじゃないか。彼の身体が助手席を向いていたし、右手が女性の手を摑んでいた。男性の身体は女性を気遣うような感じで右側へと傾斜していた。新聞の記事を読んだかい？あれには即死と書かれていたけど、見た感じ、そうじゃなかったように思える。いや、もしかしたら、二人とも最初は生きていたのかもしれない。なんとなく、二人が薄れる意識の中で、強く手を握り合ったような印象を持った」

＊

ぼくらは夕方、どこまでも続くトルーヴィルの白浜に並んで座り、霞む水平線を眺めていた。水際で遊ぶ子供たちの声だけが長閑に響いている。上空を海鳥が舞い、穏やかな風が頰を撫(な)でた。リリーはずっと黙っていた。力の抜けたその横顔にまだ力の残った夕刻の陽光が当たっている。

「昔、パパとこうして浜辺に並んで座っては、飽きるまでずっと海を眺めてた」

歌でも口ずさむような感じで、ぼそぼそとリリーが語りはじめる。

「あの頃は幸福だった。うちの別荘はこの裏の高台の、そうね、ここから見えるはずよ。ほら、あそこ」

背後を振り返り、丘陵に建てられた別荘群を顎でしゃくって示した。

「中腹に淡いエンジ色の壁の家があるでしょ。とんがった屋根の」

「すぐそこじゃない」

「その細い路地をのぼれば、走って三分。よくフランシスとあの浜辺の兄妹のように、ここで泳いだ後、濡れたまんま、家まで走って戻ってた」

海辺で遊ぶ子供らが幼い日のリリーとフランシスに重なる。兄妹は水を掛け合いじゃれている。少し離れた白砂の上に両親らしき男女が寝そべっていた。

「あなたのお母さんもここによく来ていたのかしら。それともその夜が最初になるはずだったのかな」

「さあ」

「……ママはすぐあの家を売りに出した。だから、あの日以降、もう私たちはあの家に行かなくなった」

ぼくは視線を逸らし、楽しそうに遊ぶ子供たちを見つめた。

「事故のショックが大きくて、毎日打ちひしがれるように、そうね、死んだように生きていた。小さかったから、本当のことは誰も教えてくれなかったし、何が起きたのか、分からず、ずっと混乱の中にあった。高校にあがってまもなく、フランシスがなんとなく断片を語りはじめた。納得がいかなくて、私は相手の女性のことを調べはじめた。で、君に辿りついた」

死んだように生きていた、という響きが耳奥に子供らの声や波音と共にこびり付く。それはぼくも一緒だった。

「ねぇ、ジュール。昔の家がどうなっているか、見てみたいな」

リリーがぼくを見て言った。次の瞬間、彼女はもう立ち上がって歩きだしていた。仕方がないので後を追いかける。一戸建ての古いが瀟洒（しょうしゃ）でしかし可愛らしい家々が、丘の上まで無駄なく整然と肩寄せあうように建てられていた。その中を細い坂道が突きぬけている。リリー・マルタンは背筋を伸ばしながらも、引き寄せられるようにして、のぼった。辺りはとても静かで、人の気配がない。爽やかな海風がぼくらの背中を押す。きっとこの坂道を駆け上がる幼い日のフランシスと自分の姿をリリーは思い出しているのに違いなかった。或いは、マルタン氏や勉江、フランシスと一緒に過ごした幸福な季節のことなんかを……。左手の奥にエンジ色の尖（とが）った屋根が見えた。リリーの表情が険しくなり、警戒するように歩調が遅くなる。蔦（つた）の絡まる鉄柵の塀で囲まれた可愛らしい家だった。一階部分の壁にも蔦が絡んでいる。ガラス張りのサンテラスが庭に張りだしている。よく手入れされた花壇、脱ぎ捨てられた男性もののカーディガン、女性用の麦わら帽子、庭の片隅に洗濯物が干されてあり、生活の気配がそこかしこにあった。二階の窓は開け放たれたまま、風が吹くたび、カーテンが揺れた。鉄柵に顔を押し付けてリリーが中を覗き込む。小さな庭に、子供用の自転車が放置されてある。

「びっくりした。昔のままよ。二十年も経っているのにほとんど何も変わってない。でも、あのサンテラスはなかった。建て増ししたのね。窓が開いてる部屋があるでしょ、二階に。あそこが私の部屋だった。隣がフランシスの」

その時、子供たちの声が後方で弾けた。振り返ると、先ほど海辺で遊んでいた子供たちだった。兄と妹、ちょうど幼い日のフランシスとリリーのような、彼らは走って来るなり、裏口から庭の中へと飛び込んだ。リリーは驚いたようで、僅かに強張り、後ずさりした。まもなく、犬を連れた夫婦がのぼって来た。男性と目があったので挨拶をした。

「ボンジュール」

「ボンジュール。何かお探しですか？」

中年の男性が言った。

「いいえ、素晴らしい避暑地だねって、話していたところです。特に、こちらのうちが一番可愛い、と」

「ありがとう。パリからここに移り住んでもう二十年。別荘としてではなくて、私たちはここに住んでるの」

男性に代わり女性が潑剌(はつらつ)と告げた。

「じゃあ、お子さんたち、ここで生まれたんですか？」

「ああ。ここで生まれ、ここで育ってる。夏は毎日泳ぐことが出来る。ぼくは仕事の時だけ、パリに行く。二時間で着いちゃうからね。あの……」

　男性が不意に喋るのをやめ、眉根を寄せた。

「大丈夫？　彼女、もしかして、泣いてるの？」

　振り返ると、ぼくらに背を向けリリーが俯き目元を隠していた。必死で我慢していたのだろう。感情をコントロール出来なくなり、ついに声を出して泣きはじめてしまう。

「なんでもないんです。すいません。お邪魔しました」

　ぼくはリリーの背中を摩った。身体が小刻みに震えている。抱きしめようとすると、その手は激しく振り払われた。リリーは走り出してしまう。

「リリー！」

　ぼくは彼女の後を追いかけた。リリーは坂道の途中で自転車とぶつかりそうになった。前を走る彼女のシルエットが子供の頃のそれと重なる。ぼくは幼い子を追いかけていた。その子は浜辺までの一本道を全速力で駆け下りた。そして、波打ち際の手前の砂浜でバランスを崩すとそのまま転倒してしまう。ぼくは近づき、号泣する彼女を見下ろした。砂を摑んでは投げつけてくる。彼女の前に跪（ひざまず）き、その丸まった背中を抱きしめた。僅かに抵抗されたが、まもなくぐったり脱力すると、動かなくなった。

＊

翌朝、何か摑みどころのない不思議な夢を見ていた。たぶん、ママの記憶を辿るような夢だったかと思う。ぼくは古い切株の上に座っていた。目の前の霧深い牧草地の中ほどに白い服を纏った女性が立っていた。その人はぼくに近づくわけでもなく、遠ざかるわけでもなかった。ぼくが業を煮やし立ち上がろうとした次の瞬間、携帯のけたたましい音が牧草地一帯にまるで警報のように鳴り響いた。緊急事態に備え、音量を最大にしておいたのだ。ぼくは飛び起き、室内を見回した。カーテンの隙間からうっすらと朝の陽光が差し込んでいる。パパからの着信であった。慌てて携帯を摑んだが、飛び出してきたのはパパのではなくイネスの声であった。スペイン語で、お父さまに暴力をふるわれています、と彼女は興奮気味に訴えた。

「なんだって？　どういうことだ？」

息が荒い。

「分かりません。ムッシュの部屋で寝ていたら、ドアを激しく叩くので、出たら、いきなり平手打ちされたの。日本語だと思うけど、わけの分からないことを言いだして。怖くなったので、お父さまを突き倒して、キッチンに逃げ込んだところです。テーブルの上にこの携帯が置いてあったので……」

「パパは？　イネス！　パパはどうしている？」

「分かりません。とにかく怖いので、わたし、包丁を握りしめています」

「包丁？」

「だって、鍵がないし、防衛のためよ」

「包丁はだめだ」

「殺されるかもしれないのに？」

「殺す？　そんなことするはずがない」

「殴られたんですよ？」

「何かの間違いじゃないのか？　今すぐ、戻る、二時間で着くから。我慢出来るか？」

「我慢？　何を？　殺されるのを？」

リリーが半身を起こし、訝る表情でぼくの顔を覗き込んで来た。何？　ぼくは人差し指を唇に押し当てて、静かにするように、と合図を送った。

「イネス。管理人をすぐ向かわせる。彼らは鍵を持っているから、君を保護してくれる。パパはどうしてる？」

「さっき、押し倒したので、倒れたままかもしれません」

「暴力をふるわれたと君は言った。君が暴力をふるったんじゃないよね？」

「まさか。ひどい。私は殴られたんですよ」

「とにかく、相手は健忘症の老人だ」

「怖いから、外に出たいの。包丁を持っていきます」

「イネス、頼む。冷静になってくれ」

通話はそこで切れた。くそ。

何があったの？　とリリーが不安な表情で訊いてきた。

「何も分からない。いきなりパパに暴力をふるわれた、とイネスが主張している。でも、そんなわけはない。確かに怒られることはよくあったけど、でも、これまで一度としてパパに叩かれたことなんかない」

ぼくらはすぐにホテルをチェックアウトしパリに戻ることにした。朝の七時半であった。管理人のレオリンダに電話をし、事情を説明した。

「ジュール、分かった。今、夫が一緒だから、私たちに任せて。状況が分かり次第、すぐに電話するからね。安全運転で戻って来るのよ」

とレオリンダは言った。

＊

アクセルを踏み込むたび、リリーが、出し過ぎよ、と忠告した。でも、悪い夢の中で運転しているような不思議な鈍い感覚の中にぼくはいた。アクセルを踏んでいるというのに車が一向に加速しない感じ……。しかし、実際は物凄い速度が出ていた。

「百三十キロ制限だからね、君は今、百五十キロ出しているわよ」

とリリーに言われ、慌てて減速をする始末だった。トルーヴィルを出発してすでに一時間半が過ぎていたが、レオリンダからの連絡はなかった。いったい何が起こっているというのだろう。

「大丈夫よ、管理人に任せるしかない。こんなところで事故を起こしたら、それこそ、もっと迷惑がかかる。覚悟して安全運転で行かなきゃ」

「覚悟？　どんな覚悟？」

「いらいらしないで。大丈夫よ」

気が気じゃなかった。最悪なことばかりを想像してしまう。なぜ、パパはイネスを殴ったのだろう？　あの家でいったい何が起こったというのだろう？　包丁を持ったイネスの殺気立つ絵ばかりが頭の中で明滅する。くそっ、とぼくは何度も毒づき、ハンドルを握りしめるのだった。

「ジュール。二十年前、パパとあなたのお母さんもこんな感じだったのじゃないかしら？」

え？　ぼくはリリーを一瞥した。彼女は遠くの空をじっと見つめている。

「分からないけど、この奇妙な緊張感が想像させるのよ。あの日、パパも何か焦ってたんじゃないのかなって。あなたのお母さんを横に座らせ、大きな罪悪感の中にいたのかもしれない。何の証拠もないけど、パパも君のように苛立ってたような気がする。そして、事故にあった。二人はもしかしたら、別れ話をしていたのかも……。どちらかが不意にそれを持ち出し、どちらかが反対をし、言いあいになった。車の中で二人は激しい口論をしていたのかもしれない。あの日が最後の夜だったのよ、二人にとって」

「リリー、やめるんだ。今、ぼくは手一杯でこれ以上他の事を抱えることが出来ない」

「ごめんなさい」

リリーは謝り黙った。でも、彼女の想像は正しい気がした。二人は激しい口論をしていた。もしかしたら、曲がり角とは分からず、ママがリシャール・マルタンの腕を掴んだのかもしれない。何かが起きて、そのまま車はまっすぐカーブを突っ切った。

「スピード、出し過ぎよ」

リリーがそう告げた次の瞬間、携帯が鳴った。リリーが出た。彼女は通話をスピーカーモードにした。レオリンダの声が飛び出してくる。

「リリーといいます。ジュールの友人です。今、ジュールは運転中なので、私が代わりに話を聞きます」

「分かりました。連絡が遅れてすいません。その、ムッシュ・サワナギは病院に運ばれたとジュールに伝えてください」

ぼくは驚き、一瞬、ハンドルを握る手に余計な力が加わってしまい、車が中央分離帯にぶつかりそうになる。リリーが左手で、ぼくの腕を掴んだ。落ち着いて、と彼女の冷静な声が諭す。

「大丈夫？」

レオリンダの声が再び携帯から弾けた。

「この通話、ジュールも聞いているので、ちょっと動揺したみたいです。でも、もう大丈夫。ジュール、落ち着いたよね？　スピーカー、消しましょうか？」

「いや、大丈夫。レオリンダ、続けて。その先を知りたい」

ガサガサッと雑音が飛び出した後、レオリンダがはっきりとした口調で話しはじめた。

「私たちが中に入った時、家政婦はいませんでした。ムッシュ・サワナギは廊下に座っていたのだけど、頭から血を流していました。でも、心配しないで。大丈夫よ。とりあえず救急病院で手当てをしたところです。担当医は、傷はたいしたことはない、入院の必要もない、と言っています。ただ、頭の中の毛細血管が切れていたりすると三か月後に後遺症が出る場合もあるみたい。だから、もう一度ＭＲＩで検査をやりましょう、と言われたわ。それから、一応、管理人として、警察に伝える義務があるので、通報しました。家政婦の連絡先が分からないので、あなたは戻ったらすぐ警察に説明しないとなりません。今はこんなところよ、今、病院を出るので、十五分後くらいには家にいます。そっちはどの辺？」

「もうすぐ市内に入ります。たぶん、同じくらいでしょうか」とリリー。

「オッケー。警察署が隣でよかったわ」

リリーは携帯を切ると、ごめんなさい、と告げた。

「トルーヴィルに君を誘ったばっかりにこんなことになってしまって……」

と謝った。

＊

家に戻ると、パパは頭に包帯を巻き、サロンのソファに座していた。レオリンダと彼女の夫が付き添っていた。ぼくはパパの横に腰を下ろし、膝の上のパパの手を握りしめた。うつろな目がぼくを捉える。それから記憶を辿るような感じで、不意に、

「あの娘が金を盗んだ」

とフランス語で言った。

「お金？　いくら？」

「ギヨームから書の代金として七百ユーロを受け取った。いつもなら小切手で貰うんだけど、なんだかしらないが、ギヨームが今回だけ現金で渡したいというので全部現金で受け取ったんだ。昨日、イネスが仕事場から出てくるのを目撃した。部屋の掃除は頼んでない。で、気になって、調べたら、百ユーロ足りない。お前が戻ってくるのを待った方がいいだろうと、すぐには問い詰めなかった。でも、そのことが気になって眠れなかった。さっさと確かめるべきじゃないのか？　一晩中、自問し続けた。夜が明けるのを待って、あの娘が寝ているお前の部屋へ行き問い質した。そしたら、あの女が不意に暴れだして、この有様だ。くそ、なんてこった。あの女、ずっと怪しいと思ってた」

「お金盗まれたのは間違いないの？」

「何度も数えた」

「なんで全部盗まなかったのかな？」

「全部はまずいだろ。ぼけた爺（じじい）だから一枚なくなっても気づかないと思ったのさ」

「イネスは、パパに殴られた、と言ったけど」

「殴る？　逃がさないために摑みかかろうとしただけだ。その前に押し倒されたよ」

「残りのお金はどこにある？」

「仕事場の机の上、茶封筒の中だ」

二階に駆けあがってみると散らかった仕事机の上にそれらしき茶封筒があった。警察の鑑識が指紋を取る可能性があるので、封筒には出来る限り触れぬよう注意しながら中身を確かめた。六百ユーロ。パパの言う通り百ユーロ足りない。インターホンの鳴る音がした。茶封筒を元の場所に置き、階段を下りた。

刑事はまずパパを聴取した。それから鑑識がやって来て、やはり封筒の置かれていた机周り、キッチンや掃除道具の指紋を採取した。イネスの電話番号を警察に教えなければならなかった。住所は？　と訊かれたが、知らない、と答えた。雇用契約書などはないのですね？　ええ、前の家政婦の紹介でそのまま引き継いで、まだ正式の雇用契約は交わしてなかったのです、と答えるに留めた。警察にはパオラの電話番号と住所を教える必要があった。

「たぶんあの娘（こ）、紙なし（サンパピエ）（不法滞在外国人）だろうから、ここで働いていたことも含め、彼らの立場、微妙になるかもね」

　警察が退出した後、リリーが耳打ちした。この一件が帰国を目前にしたパオラに面倒な影響を及ぼすのは間違いない。パオラは就労ビザを持っているが、イネスはまだ取得していないはず……。

　レンタカーを戻し、その日はリリーと実家に泊まることにした。暫くの間、たぶん、次の家政婦が見つかるまでの間、ぼくは実家から職場に通うことになるのだろう。リリーがキッチンを片付けている間、ぼくはパオラに何度か電話をかけた。留守番電話になっていたので、至急電話が欲しい、とメッセージを残した。

*

翌朝、パオラから電話がかかって来た。呼吸が荒く、取り乱していた。興奮気味に喋るものだから、スペイン語とフランス語がごちゃ混ぜになって聞き取れない。イネスがいなくなった、と訴えているようだった。さっき警察からも電話があった、と続けて捲し立てた。大変なことになった、どうしたらいいのか分からないの。落ち着いて、と諭し、やっとパオラは黙った。

「本当のことを知りたい。何があったのか、順を追って説明してもらえないか?」

「刑事さんが、イネスがお金を盗んだ、ムッシュ・サワナギを怪我させた、と言うのよ。警察がイネスを探してる。だから、もうびっくりしちゃって、イネスに電話をしたら、私は何もやってない、お金は一銭も盗んでない、と言ってるし」

「パオラ。今、イネスはどこに?」

「昨夜は戻って来なかった。帰っておいで、と言ったのだけど、逮捕されるくらいなら帰らないと言い張って。もしも、あの娘に何かあったら、コロンビアにいる私の妹は悲しみます。ジュール、助けてあげて。警察に、なんでもなかった、と言ってもらえないかしら。彼女が盗んだのなら、私が全額返す。あの娘はまだ十九歳。この国で生きていけなくなる。お願い。ジュール、君が赤ん坊の頃から私は君のことを知っている。ジュールが誰より優しい人だということを」

リリーがぼくの前に立ちはだかる。彼女は黙ってぼくを見つめている。

「イネスは就労ビザを持ってる？」

「いいえ、まだ観光で入っている状態。だから、働いていたと分かると、フランスを追い出されかねない。それより、もし、イネスが君のパパを傷つけたのなら、そんなことはぜったいにありえないことだけれど、でも、何かの拍子にってことはあるものね。その場合、逮捕されてしまう。あの娘はまじめだから、追いこんだら危険。お願いよ、ジュール」

「分かった。とにかく、警察に話してみる」

「本当？　助けてくれるの？」

「助けるも何も、まだ、何も分からない。ぼくらで解決しよう。一度、被害届を取り下げるしかない。警察も被害届が取り消されれば動けない。なんとも言えないけど、でも、今すぐ捕まるということはないと思う。とにかく、イネスを探しだし、彼女から事実を聞き出すしかない」

ぼくは電話を切った。続けて警察にかけ直し、担当の刑事を呼び出し、被害届を取り下げたい、と申し込んだ。

「いったい、どういうことです？」

「実は、私の父は健忘症なんです。頻繁に物忘れをします。今回のことも、事件なのか、健忘症のせいなのか分からなくなってきている。医師の診断書があります。管理人も血を流している父を見て、彼らは父の病気のことを知らないから、慌ててそちらに電話をしたみたいですが、その、正直申しますと、自分で倒れた可能性だってありえる。盗まれたと主張するお金も、自分で使ったのかもしれない。忘れちゃうんですよ、何もかも。だから、まず、医師の判断を仰いでみたいのです」

刑事のため息が聞こえた。リリーが瞼を閉じ、肩を落とした。

「なので、一度、被害届を取り下げてもらえないでしょうか？」

リリーがぼくに背を向けキッチンへ消えた。そちらの管理人が被害届を出されたので、彼女が同意するなら、一度捜査を中止します、と刑事は言った。管理人の同意書を持ってあとでそちらに伺いますので、と付け加え、ぼくは電話を切った。

＊

環状線を渡った郊外の住宅区域、バニョレ地区にパオラたちが暮らすシテ集合団地があった。シテと呼ばれる高層団地は七〇年代以降パリ各地、特に郊外に次々建てられたが、賃料が安く移民などの低所得者が集まった。行き場のない若者たちのたまり場、犯罪者の温床となり、周辺の治安が悪化した。バニョレのシテでパオラたちは共同生活をおくっていた。電話だと埒が明かないと考え、パオラとイネスが暮らすアパルトマンへ乗り込んだ。四十五平米ほどのアパルトマンに十人くらいの老若男女が暮らしている。就労ビザを持っているのはパオラだけで、あとはサンパピエと呼ばれる不法滞在者であった。通された居間に数人の男女がいた。ぼくのために椅子を勧めてくれたが、他の者たちは三人掛けのソファに難民船さながらぎゅうぎゅう詰めに腰かけている。午後三時を回った時刻だったが、仕事がないのか、働き盛りの男が三人もいた。子供がぼくのために何かお茶のようなものを運んで来てくれた。スペイン語で挨拶をすると、しかめっ面が失せて、みんな一斉に表情を緩ませた。私の親戚です、とパオラが一同を紹介した。

「フランスに到着したばかりだから、まだ住むところが決まってない人もいて、だから、部屋が見つかるまでここでみんな寝泊まりしているのよ」

パオラが言い訳するような感じで大勢のコロンビア人がいることについて素早く説明をした。

「イネスもここで暮らしてる？」

「ええ。でも、まだ戻って来ない」

「どこに行ったのか、分かる？　とにかく、彼女と会って、話を聞かないとならない。ぼくは本当のことが知りたい」

「でも、ジュール、イネスは優しい子。フランスに慣れてないから、ほら不器用だし、だから誤解されるけど、決して盗みをやるような娘じゃない。まして、暴力なんか、ありえない」

　言葉の分かる者が、ええ、あの娘はいい子だ、と同意した。年長の男性が立ち上がり、

「イネスから電話があり、あなたのお父さんが先に彼女を叩いたと言ってました」

と切り出した。イネスを擁護するような口調だった。

「私の夫です、リカルドよ」

とパオラが言った。コロンビア人の男たちはみな小柄だががっしりとした体軀であった。パオラとは四半世紀以上の付き合いになるが、夫を紹介されたのははじめてのこと。ぼくは小さくお辞儀をした。

「ぼくのパパはイネスに押し倒され頭を打ち、血を流していた。それに、百ユーロが封筒から消えてる」

　男は小さくかぶりを振りながら、信じられないという表情を浮かべ、ソファに座りなおした。横にいた若者が大きくため息を漏らした。その若者をパオラが指差し、イネスの兄です、と紹介した。ぼくは小さく頷いた。

「とにかく、ぼくはあなたたちと一緒で、何が起こったのかを知りたい。そのためにはまずイネスを見つけ出さないと。違うかい？　お金を盗んだのならば戻す必要があるし、ぼくのパパを怪我させたのであれば彼女が謝らないとならない。大事なことだ。ぼくはパオラを信じてイネスを預かった。もし、パパが先に手をあげたのであれば、パパが謝らないとならない。想像だけど、パパはイネスがお金を盗んだと思って、確かめに行った。そこでどのようなやり取りがあったのか分からないけど、二人きりということもあり、感情が先走り、二人は揉みあい、パパは頭を怪我し、彼女は出て行った。ここにイネスが戻ってないのは後ろめたいからじゃないかな？」

イネスの兄が割って入った。スペイン語で捲し立てる。

「怖かったんだよ。警察に突き出されると思った。あんたのお父さんを怪我させてしまったからね。彼女はビザなしだから、見つかれば追い返される。でも、自分の妹だからというわけじゃなく、あの娘は本当に優しい子なんだ。コロンビアじゃいつも笑っていた。ここに来てから笑わなくなった。ぎすぎすしはじめ、塞ぎがちになり、輝きが消えた。ただ、はっきり言えることは、お金を盗んだりする人間じゃないということだよ」

「疑ってるわけじゃない。いいかい？　もし疑ってるなら、警察に任せた。でも、それじゃあ、パオラを困らせる。あなたたちも困るだろうと思って、こうやって自ら調査に乗り出した。ぼくは本当のことが知りたい。誰が悪かったかは、全てが明らかになってからだ」

片言のスペイン語でそのように伝えた。頷く者もいた。パオラの目に涙が溜まっている。ぼくはパオラの肩を抱き寄せた。隣の部屋から赤ん坊の泣く声が聞こえてくる。ソファにいた女が席を立った。子供たちが走って来、何か耳打ちする。女は頷きながら赤ん坊のいる隣室へと向かう。イネスに泊まり込みの仕事を依頼した自分の責任だ、とぼくはその時、後悔の念に苛まれていた。入り口脇の書棚の中段にマリア像が飾られてあった。そこだけ、まるで祭壇のように綺麗に整頓され、花が供えられている。彼らの信仰心の篤さが窺えた。そして、この小さなマリア像はこの部屋の中で一番美しい存在でもあった。マリアは小さく謙虚に両手を開き、求める人々を受けとめるような姿をしていた。このマリア像に手を合わせ、小さく祈る、イネスの横顔を想像してみた。

携帯が鳴った。イネスよ、とパオラが低い声で、でも力を込めて告げた。全員が身体を強張らせる。

「どこにいるの？　イネス、帰って来なさい。違う、警察はもう来ない。ジュールが被害届を取り下げた。でも、あなたは彼の前で潔白を主張しないとならない。じゃないとこの国で生きていけなくなる」

携帯から小さく、興奮気味のイネスのスペイン語が飛び出してくる。兄が立ち上がり、自分の場所から、イネス、戻って来るんだ、と叫んだ。パオラがイネスの兄を振り返り、興奮させないで、と険しい顔で忠告した。全員が立ち上がり、パオラを囲んだ。一斉にイネスに語りかけはじめる。ちょっと待って、話にならないでしょ、とパオラが彼らを押し返し、窓際へと移動した。

「とにかく、ジュールを信じて戻って来なさい。自分の潔白を伝えるのよ」

リカルドと目があった。懇願するような必死な眼差しである。横にイネスの兄がいた。顎を突き出し、歯を食いしばり、ぼくを睨んでいる。ソファの上のパオラの仲間たちの視線も浴びた。彼らの声にならない声がぼくを包囲している。パオラの顔の中ほどに疲れ切った二つの老いた眼があった。けれども、そこには、なんとしてもイネスを救いたい、家族を守りたい、という切実な願いが力強く籠っていた。ぼくのパパに負けない、家族への強い愛があった。境遇や立場は異なるが、パパとパオラが重なり、ぼくは心が痛んだ。どうやってこの問題を解決すればよいのか分からない。パオラの前へと一歩踏み出し、手を差し出した。イネスと話したいと自分の意志を届けた。この状況を知らないイネスの声だけが興奮気味に響き渡っている。許しを請うような、言い訳をするような声音だ。パオラが携帯をぼくに差し出した。イネスの兄が嘆息を零した。リカルドが彼の腕を掴んだ。ぼくは携帯を受け取ると、出来る限り優しく、

「もしもし、ジュールだけど」

とスペイン語で呼びかけた。イネスは不意に口を閉ざし、黙りこんだ。彼女が吐き出

す荒い呼気がぼくの鼓膜を引っ掻いた。激しく取り乱している様子が手に取るように伝わってくる。スピーカーの音が割れ、ガサガサと大きな音を立てた。

「イネス。何も心配しないでいい。一度話をしよう。警察はもう来ない。君はここに戻ってくることが出来る。そして、何があったのか教えてほしい。分かるかい？　ここにいる者は誰一人君のことを疑っていない。今はみんな、本当のことを知りたいだけだ」

「ムッシュ。ごめんなさい。また電話します」

ぼくの声を遮る勢いでイネスが言った。その直後、電話は切れてしまう。ぼくは肩を竦め、パオラはあの目をぎゅっと瞑（つぶ）ってしまった。

5

授業と授業の間に少し時間が出来たので、リリーの研究室がある国立自然史博物館まで足を延ばすことにした。三月中旬にしては暖かく、敷地内にある広大な植物園には大勢の人が憩いを求めて集まっていた。日差しが心地よかったので植物園内を散策した。約束をしていなかったので、会えるかどうか分からなかったけれど、WhatsApp でリリーに「植物園にいるよ」とメッセージを送った。会えなくても近くにいることを伝えたかった。

博物館へと続く広場の一角に、見事な桜の老木があった。高さ三、四メートルほどだが、枝が横へ横へと伸び、枝の重みで先端は地面につきそうなほど撓(しな)っている。白い花が満開で、木というよりも開いた白い日傘のようであった。子供の頃に、パパと旅した日本の東北地方で、たぶん福島県あたりだったと思うが、同じような桜の木を見たことがある。東京にはパパと数度訪れているが、不思議なことに桜の季節と重なることが多かった。春になると東京はそこら中で桜が咲き誇り、人々がその木の下で宴会を楽しんだ。フランスで生まれたぼくにとって、それはとっても奇妙な光景であり、同時に日本らしい風俗でもあった。白い花びらが雪のように舞う中、人々の享楽の声が響き渡った。地面に座し宴会に興じる日本人らの熱狂とは別に桜は何か異次元で佇む霊魂のようで、そこだけ薄い静寂の被膜を纏っていた。ぼくにはあちこちに咲く桜が日本の神聖な先祖の魂のように思えてならなかった。パパにそのことを話すと、小さく満足そうに頷いてみせた。

「ジュール」

振り返るとリリーが桜の木の横に立っていた。息が荒い。走って来たのが分かる。

「前もって言っといてくれたら、もっと早く来られたのに。さっきメッセージに気が付いて、慌てて研究室を飛び出したの」

「少し歩きたくなって、天気がいいし。植物園気持ちいいだろうなと思って」

ぼくらは並んで園内を歩いた。リリーが自然史博物館とこの植物園の歴史と沿革について説明しはじめる。

「この植物園、実は博物館よりも歴史が古いのよ。ルイ十三世が、十七世紀に創設した王立薬草園がそのはじまり。十八世紀、庭園は博物館に編入され、以降、自然史博物館は研究の中心地となり、パリ大学と拮抗（きっこう）するようになった」

「すごい。ガイド付きのお散歩だ」

ぼくらは笑った。

「ここには七つの研究部門があって、私が属しているのは、水環境・生物集団部門、生態学・生物多様性管理部門。セドリック博士に師事しているの」

ぼくらは庭園に隣接する進化大陳列館の中へと入った。小学生の頃に課外授業で何度か訪れたことがあったが、成人してからははじめてのこと。四階まで吹き抜けの巨大なホールに、動物たちの進化の過程を実物大で紹介する巨大な模型が展示されてあった。それを大勢の小中学生が見上げている。あの中にかつての自分もいた。

「子供の頃、恐竜の化石を見上げては興奮したな」

ぼくが告げると、リリーは、一緒だわ、と同意した。

「私も幼い頃ここで強い衝撃を受けた。それで博物学に興味を持つようになったの」

ステゴサウルスの化石を前にリリーは言った。

「こんな大きな生き物がかつてこの星に棲息し、のしのしそこら中で動き回っていたのよ、想像出来る？　そんなことを研究しているとね、戦争や、人間の諍いや暴力なんかがどんなに馬鹿馬鹿しいことか、分かってくる」

ぼくらは童心を懐かしがりながら、展示物を見回した。リリーの物静かな声が歴史を駆け抜ける風のような感じで柔らかく心の袂を流れていった。

「まさか、ここで働くことになるとは思いもしなかった。人生って面白い。しかも、毎日顕微鏡覗き込んで、一ミリにも満たない water bear の生態を研究しているんだからね」

「ほんとだ。しかし、いい人生だ」

「浮世離れしているけど」

「でも、君は誰よりも現実的な動物だ」

「ええ、君と家族を作るのが、私の一番の野心なんだから」

ぼくは笑った。リリーの口元が僅かに緩んだ。天窓から降り注ぐ光りがリリーの小さな顔の輪郭を縁取る。

「そうだ。イネスの代わりに、今日から、急きょ、パオラの従妹のアンジェラが来ることになって……」

「イネスは？」

「まだ……。パオラが探してる。今日、アンジェラから説明を受けた」

「その人、どんな人？」

「フランス語が堪能。年齢は三十代半ばくらいかな。ある程度経験のある家政婦さんだよ。でも、赤ちゃんがいるから、長くは続けられない。中継ぎみたいな感じかな。パオラがちゃんとした人を探すと約束してくれた」

「イネスはもう無理なのね」

リリーの視線から逃げると、その先に、天井から吊り下げられた古代クジラの化石が浮かんでいた。かつてこのクジラが大海原を回遊していた時の勇ましい映像が脳裏を過る。何かのきっかけでこの化石は発見され、大勢の人の手によって丁寧に発掘され、ここにこうやって運び込まれ、展示されることになった。数百年後、この博物館がどうなっているのか、誰にも分からない。この星がどうなっているのかさえ。あるのは常に「今」というこの瞬間だけだ。山積みの先の不安を思うより、すぐ近くにある幸せに縋る方が人間らしい。パパのことも、ママのことも、時が経てばきっといつかぼくの中で折り合いがつく。でも、今を失うのは愚かなことだ。ぼくらの指先が自然に伸びて、お互いの温もりを求めあった。リリーがぼくの手を握りしめてきた。目の前に彼女の顔があった。その二つの瞳の中に深く果てしない銀河があった。その銀河の果てから小さな振動がやって来た。不愉快な波動……。ぼくらは唇を重ねあう。でも、控えめだが存在感の強い振動がぼくらを再び現実の不安へと連れ戻すのだった。リリーが瞼をぎゅっと閉じ、眉間に神経質な縦皺を拵えた。ぼくはリリーの手を放すと、内ポケットから携帯を取り出した。

「もしもし」

「充路……」

宇宙の果てからパパの弱々しい声が届けられた。

「迎えに来てもらえないか？　すまないが、ここがどこだか分からない」

　天窓から射す光りが不意に翳った。太陽が雲の中へと潜り込む。リリーの顔がまるで遠い化石のように暗く沈み込んでいくのをぼくは落下する宇宙の狭間で見つめていた。

＊

　飛び乗ったタクシーの中から語学学校の事務局に電話をし、事情を説明して授業に間に合いそうにない旨を伝えた。事務局長が電話口に出て来て、慈善事業をしているわけじゃない、と冷たい口調で怒った。

「でも、健忘症の父をこのままほっとくわけにはいきません」

「そのことは理解出来るけど、こんな頻繁に授業をすっぽかされるとこちらも対応出来ない。生徒たちはどうする？　代わりの教師がそう毎回都合よくいるとは限らない。その、何か根本的な解決策を探してもらわないと……」

　事務局長は言葉を濁した。申し訳ありません、と謝るしかなかった。数秒の沈黙の後、電話は切れた。

　車窓の向こうに広がるパリ市内の風景は幼い頃から何一つ変わっていない。世界中の大都市は、とくに東京や北京、ソウルなどのアジアの大都市は訪れるたびにガラッと違う貌付きを突き付けてくる。でも、パリはたぶん、パパがここで暮らしはじめた頃と、いやそれより百年くらい遡った時代であろうと、外見の変化はほとんどないのではないか。タクシーはセーヌ川沿いの大通りをエッフェル塔方向へと向かっている。左手にオスマン調の堅固な造りの建物がずらりと整列している。セーヌの向こう岸に、絵葉書のように美しい佇まいのサン＝ルイ島、シテ島、チュイルリー公園、コンコルド広場などの風景が次々掠めていく。その上空の青空が、無頓着にも爽やか過ぎて、逆になぜか空しく映った。大勢のツーリストが歩道をのんびりと歩き、微笑み、そこかしこで風景を撮影している。その穏やかで長閑な表情を横目に、どうすればよいのか、と明るく途方に暮れた。このような状態でリリーと結婚など出来やしない。パパをどこかの施設に入れるという方法もある。でも、男手一つでここまで育ててくれたパパを知り合いの一人もいない田舎の福祉施設に預けることなど出来ない。かといって、このままではぼく自身、職を失いかねない。いや、事務局長の口調からするともはや退職は避けられそうにない。組合に相談し裁判を起こすという手もあるが、そこまでして踏みとどまりたい職場でもない。辞めたとしても半年ほどは失業保険がおりる。パパを介護しながら出来る別の仕事を探す方が賢明かもしれない。日本人駐在員やその家族を対象に家庭教師をやる手もある。前もって各家庭に事情を説明してさえおけば、急なキャンセルにも対応してもらえるに違いない。

　タクシーはビル＝アケム橋を渡り、閑静な十六区の住宅地の細い通りの中程で停車した。

「Square Alboni と建物のプレートには書いてある。番地は十八だ」

「何が見える？」

「前も後ろも建物だけ、あ、待て、道の先に高架がある。電車が上を走っているみたいだ」

「上？　とにかく、そこにいて、動かないように。いいね？　絶対動かないで、ぼくの携帯の充電が切れそうなんだ」

　パパはいつものように通りの名前と建物の番地を告げた。スクワール（Square）というので公園が傍にあるのか、と思ったが、人通りのない普通の狭い住宅地の路地だった。ぐるりを見回したが、パパの姿はどこにもなかった。見晴らしがいいので、パパがいればすぐに分かる。携帯を取り出し、掛け直してみるが、呼び出し音は聞こえるものの、いつまで待っても出ない。目立つものと言えば、真正面に見える電車の高架。とりあえず、そこへ向かった。どうやら、地下鉄パッシー駅の真下のようである。友達が近くに住んでいたので、この辺の地理に多少明るかった。頭上の高架は陸橋になっており、メトロ六号線が左岸と右岸を行き来している。右手が駅で、左手がビル＝アケム橋。一度、駅へと続く階段を駆け上り、周辺を探し回った。そこも Square Alboni だ。同じ路がぐるっと下から上まで周回している。穏やかな日差しと柔らかい風が街路樹の葉を優しく、眩(まばゆ)く、揺らしている。パッシーの商店街方向は人が多く、一ブロックほど先のコスタリカ広場周辺まで足を延ばし探し回ったがパパを発見することは出来なかった。

どうやってパパはここに辿りついたのであろう。記憶を失っている間、パパは何を頼りにここを目指したというのだろう。偶然、ここに辿りついたとは思えない。七十過ぎの老人がバスティーユからパッシーまで歩くのは容易でない。パパは普段タクシーを利用しない。パッシー駅が目の前にあるのだから、メトロで来たと想像するのが普通だろう。自分がなぜそこにいるのか思い出せなくなって、十八番地辺りからぼくに電話をかけた。しかし、なんらかの理由、もしくは蘇った記憶のせいで、ここまではるばるやって来たのではないか。医者は「徘徊(はいかい)の動機までは分からない」と言ったが、なんとなく、パパは毎回、何か目的を持って出かけ、途中で記憶が曖昧になっているような気がしてならなかった。ぼくは線路脇の石段を駆け下り、元の場所へと戻った。パッシー駅の真下に出た時、正面に十段ほどの小さな石段を見つけた。それはちょうど、六号線の高架の下へと向かっている。どうやら、陸橋の真ん中に歩道があるようだ。細い歩道を進むと橋の袂に出た。下が歩道と車道になっており、その上が線路。ぼくは横断歩道を渡り切ったところで立ち止まった。橋の中程に見覚えのある人影。思わず嘆息を零してしまう。

パパ……。

ふと、古い記憶が蘇った。中学一年生の時のこと。「午後、大雨になるから傘を持って行け」とパパに言われたのに、持たずにそのまま登校した。下校時間になると強い雨風が吹いていた。校門の軒下で途方に暮れているとパパが傘を持って走って来た。きょろきょろぼくのことを探している。見覚えのある日本人のシルエット。ぼくは降りしきる雨の中に飛び出し手を振った。パパはぼくを見つけるなり笑顔になった。嬉しかったけど、気恥ずかしくて、ありがとう、さえ言えなかった。帰り道、ぼくは並んで歩くパパに質問をした。

「パパがおじいちゃんになったら、どこで暮らしている？　日本？　フランス？　それとも別の国？」

「たぶん、お前の家から百メートルくらいのところにいる。安心しろ」

ぼくは嬉しかった。『お前さえいなければパリなんかに住んでない。ママがどうしてもこっちで勉強したいと言うからくっついて来た。だからさ、お前が巣立ったら、パリとはオサラバだ。老後は石垣島か、マヨルカ島で暮らす』がパパの口癖であった。

「百メートルって、円形交差点を挟んだ両端くらいの距離かな？」

ぼくらは並んで佇み、円形交差点の反対側に聳える建物を見た。

「この距離なら、安心だね」

「何か美味しいもの作って持って来てくれ。きっとその頃はもう動けない」

パパとぼくの年の差は四十二歳。この差が縮まることは永遠にない。パパの横顔を覗き込む。虚ろな目の縁に鈍色の光りが留まっていた。

「パパ」

背後から声をかけた。パパは数秒後、ゆっくりとぼくを振り返った。びっくりした。その目が赤かったのだ。泣いた痕跡があった。パパは濡れた頬を手の甲で拭った。そして、ありがとう、とか細い声で告げた。

「え？　何が？」

「迎えに来てくれて、ありがとう」

「ああ」

ぼくは笑った。パパはセーヌ川の方へと視線を戻す。横に立ちパパの視線を辿って眼下を見下ろすと、川の中程に細長い島があった。階段があり、島へと下りることが出来る。白鳥の島（Île aux Cygnes）と呼ばれる遊歩道の島である。細長い島は、水面に出たワニの背中さながら、次のグルネル橋まで川中をまっすぐ延びていた。

「自分のいる場所がいつものようにどこだか分からなかった。でも、ここはなんとなく見覚えがあった。記憶の奥の方で何かが明滅した。だから、ちょっと歩いてみたんだ。そしたら、少しずつ思い出してきたよ」

「思い出した？　何を？」

「昔、ママとここに来たことがある。この島を二人で歩いた。フランスに渡ったばかりの頃だ。彼女はここが好きだった」

パパはそう告げるなり、よろよろと階段を下りはじめた。後に従う。ぼくらは川中の島の遊歩道を歩いた。パパは時折立ち止まり、来た道を振り返ったり、対岸を眺めた。

「幼いお前を背負って来たこともある。三人で。幸せだった頃のことだ。グルネル橋まで歩いて、戻る。とくに何かするわけじゃない。でも、この遊歩道を行ったり来たりした。探してみよう。どこかにあるはずだ。お前と私の写真だ。撮影したのはママだ。いい写真だった」

ママのことを話すのは珍しいことだった。生きている間はもう許さないのか、とぼくは思っていた。でも、パパの顔は清々（すがすが）しい。飛び交うカモメを目で追いながら、上空を振り仰ぐパパの表情は心なしか緩んでいる。何を思い出しているのであろう。何を懐かしんでいるのであろう。

「セーヌは流れを止めたことがない。いつだって、この川は上流から下流へとゆっくり、人間が老いるようにひたひたと流れていく。この川の流れと同じくらい時も長い年月をかけて蛇行しながらも緩やかに止まることなく流れ続ける。そういう人生を私は生きてきた」

パパはビル＝アケム橋へ踵を返しゆっくりと戻りはじめる。

「ここはもっとも低い位置でセーヌの流れを望むことの出来る場所だ。上から見るよりずっと速く川が流れていることが分かる」

前を歩くパパの後ろ姿はセーヌの流れに逆らっているようにも見えた。ぼくは動けなくなり、パパが小さくなるまでその場に留まり、静かに見送ることにした。そのままパパが向こうの世界へと渡って行くのじゃないか、と心配しながら……。

6

ママの夢を見た。優しい顔で微笑んでいた。最後の頃にはもうあまり見ることの出来なかった笑顔。ぼくが小さい頃のママはいつも穏やかな表情をしていた。でも、だんだんぼくのことを、いつの頃からだろう、じっと見つめるようになっていく。あれは意味を持った眼差しだった。視線を感じるのが少し怖かった。最後の方のママの眼差し……。

「どうしたの？　眠れないの？」

リリーが寝返りを打ち、ぼくの腕に顔を押し付けてくる。そして、ぼくの匂いを嗅いだ。犬のように、くんくん、と鼻を動かして。ぼくはもう一方の手でリリーの髪の毛に触れた。

「うん。眠れないから、ママの一番古い記憶を探していた」

「どんな記憶？」

「小さな頃は、よくママと一緒にお風呂に入った。水鉄砲で遊んだ。あれが一番楽しかったな。ママから水鉄砲を奪って、裸のママを撃った。お風呂場に反響する二人の声が耳に焼き付いている。そうだ、ベビーカーを押しながらママはよく日本語の歌、流行歌なんかを口ずさんだ。すれ違う人たちがみんな笑うものだから、ぼくは嬉しかったけれど、恥ずかしかった。でも、嫌じゃなかった。ずっと聞いていたいと思わせる優しい歌声だった。ピクニックの記憶もたくさん残ってる。ママとパパが公園でサッカーをした。ぼくが仲のいい二人を邪魔するんだ。ぼくはママの味方になって、パパをやっつけた。あの頃、ぼくがママを守らなければって思っていた。ぼくはパパよりもママの方がずっと好きだった。そりゃ、きっと当然なんだろうな。男の子は最初ママが好きなんだよ。君がパパを好きなように。あ、それから腹話術でママがノノを喋らせた時はびっくりした。『やあ、ジュール、君は馬鹿だな』って突然ノノが喋りだしたのさ。甲高い声で、アニメの生意気なキャラクターのように。とっても横柄で、抜群に面白くて、批評好きで、物事を躊躇(ためら)うことなく言い切って、最高だった。『いいかい、ジュール、君がもしもぼくのことをぞんざいに扱って、ぼくをそこらへんにほったらかすようになって、ぼくをもしも失くしてしまったら、ぼくは一生、君を恨むからな。いいね、ぼくのことだけはパパやママよりもうんと大事にしなきゃだめだぞ』。ママは笑っていた。ぼくは『やらせてやらせて』とせがんだ。『やりたい、ぼくもそれを』。思えば、あれがはじまりだった。ノノはそれからぼくにだけ語りはじめるようになる。本当のことを話すようになった。ぼくは毎晩、ノノと遊んだ。ママが死んでからは兄弟のようになった。あいつの人格が露骨に現れるようになる。時々はぼくの考えを先回りし、恐ろしいことを口にすることもあった」

「ジュール、それは聞きたくない。もちろん、君がノノに言わせていたのよ」

「ああ、たぶん。ノノにママの悪口をたくさん言わせてしまった」

「もう、いい。そこは忘れましょう。考えたってはじまらないことでしょ」

「人生というものには、どうしてこうも、取り返しのつかないことばかりが付きまとうんだろうな」

「それが人生だからよ」

「また、君はいつだって、その知ったかぶり」

「はいはい。ジュール、お願い、寝ましょう。あした、私も君も仕事なんだから」

ぼくは黙った。目を閉じると、そこに在りし日のママがいた。若くて優しいママだった。ぼくはパパとママの間に生まれ落ちた。片方を否定することは出来ないし、片方だけを好きになることも出来ない。彼らがうまくいかなかったことはぼくには関係がない。知ったかぶりかもしれなかったが、人生というものは、いろいろなことの積み重ねである。それはもうそれで仕方のないこと、と割り切るしかなかった。とくに一人っ子のぼくにとっては……。

＊

学校に行く前に一つ気になることがあって実家に立ち寄った。大事なテストの日だったから本来ならばアンジェラにパパの様子を報告してもらうことになっていた。でも、気になることがとっても大きくなって、頭から離れなくなり、いつもより三十分早くアパルトマンを出て、一たび実家へと向かった。アンジェラが掃除をしていた。「お早いですね」と彼女は溌剌と告げた。

「私も今さっき、着いたばかりです。まだ七時過ぎですよ。こんなに早く、どうかされましたか？」

「パパは？」

「まだ寝ていると思います」

ぼくは自分の部屋に入った。そして、ノノを探しはじめた。最後に見てからしばらく見かけていないことを思い出したのだ。いつもパオラはノノだけ、他のぬいぐるみと違う扱いをした。他のぬいぐるみはぬいぐるみ専用のネットの中に。でも、ノノだけは、その子がぼくにとって特別な存在であることをパオラはよく知っていたから、ベッドの枕の上に座らせた。イネスにも同じようなことを指導した。ノノは子供部屋の守護神なのよ、とパオラはイネスに教えたのだった。

ノノを最後に見た日を思い出せなかった。部屋に顔を出すと、ベッドの上にノノはいなかった。ぼくは鞄を放り投げ、探しはじめる。ぬいぐるみたちが仕舞われたネットケースを全部ひっくり返したが、いなかった。ベッドの下にも、布団の隙間、ベッドと壁の隙間、机の周辺にも見当たらない。クローゼットの中も、古い衣服が片付けられているプラスティックケースの中にもいなかった。アンジェラがやって来て、

「まあ、何か探しものですか？」

と散らかる子供部屋を見つめながら、心配そうな顔で訊いた。

「ノノ、知らない？　小さなテディベアだよ。ほら、ぼくのベッドの上にいつも置いてあっただろ？」

「いいえ、分かりません。見たこともありません」

「そんな」

「そこのぬいぐるみたちの中にはいませんか？」

頭の中が真っ白になった。ママが腹話術でノノに喋らせた言葉が蘇る。

「いいかい、ジュール、君がもしもぼくのことをぞんざいに扱って、ぼくをそこらへんにほったらかすようになって、ぼくをもしも失くしてしまったら、ぼくは一生、君を恨むからな。いいね、ぼくのことだけはパパやママよりもうんと大事にしなきゃだめだ

ぞ」

その時、ポケットの中の携帯が鳴った。リリー・マルタンからであった。

「ジュール。大変なことになったわ」

頭の中が切り替わらない。ノノの残像を探している……。

「どうしたの？」

「勉江にバレたのよ」

ぼくはベッドに腰を下ろした。電話を握りしめながらも、ぼくの視線は室内を彷徨った。どこかにノノが隠れているような気がしてならなかった。

「だから、パパと一緒にいた日本人が君のお母さんだったたってことが」

「え？　どうして分かっちゃったの？」

「オディールが親戚の人に喋っちゃったの。その親戚がママに告げ口した」

「やれやれ。でも、結果的によかったじゃないか。これでもう悩まなくて済む」

「そんな、こっちは大荒れよ。さっき、勉江から怒鳴り声で電話がかかって来て、結婚を認めてもらえなくなった」

「でも、いつかは話さないとならないことだし、内緒で結婚するのは卑怯だ」

リリーが黙り込んでしまう。少し、落ち着こう、と提案した。

「パパのこともあるし、このタイミングで一度きちんと考え直すべきかもしれない」

「どういうこと？　結婚をやめるってこと？」

「リリー。そんなこと言ってないよ。でも、抱えてるものが今は多過ぎやしないか？　急がない方がいいってことじゃないかな。時間をかけて少しずつ問題を解決するべきだ」

「仕事が終わったら、今夜も君のアパルトマンに行ってもいい？」

ぼくは一度気分を落ち着かせるためにベッドに横たわって、いや、と電話口で自分でもびっくりするほど冷静に否定の言葉を吐き出した。

「今日はちょっと問題があってね、たぶん、学校が終わったら、実家に戻って、泊まることになる」

「朝出る時は、オーベルカンフに戻るって言ってなかった？　何かあったの？」

「ノノがいないんだ」

「ノノ？」

「いないんだ」

リリーが吐き捨てるようなため息を漏らした。苛立ちがこちらにまっすぐ押し寄せてくる。ぼくも悟られぬよう息を吐き出さずにはおれなかった。こんな風に目に見えないストレスを抱えながら、ぼくたちは夫婦生活をおくって行けるだろうか。でも、どんなに大変でも、彼女のことが大事ならば乗り越えていけるはずじゃないのか。自分のこの迷う気持ちの真意が分からない。きっと、パパとママのようになりたくないのだ。

「分かった。じゃあ、今夜帰ってこないのね？　わたし、君の部屋に泊まっていくけどいい？　ママのところには暫く帰れないから」

平静を取り繕うリリーの様子が痛いほど伝わってくる。感情の端々が尖っている。もちろん、とぼくは小さな声で戻した。

「ごめん。きっと何か解決策があるわよ。明日ね」

通話が切れた。ぐったりと脱力したまま、ぼくは携帯を握りしめていた。自分は何をしたいのか、どうしたいのかが分からなかった。不意に口元がぎこちなく緩んでしまう。意地悪な対応をした自分の幼い行動を恥じた。でも、今、リリーのことを抱えるだけの心のゆとりがない。キッチンに行き、冷凍庫から氷を取り出し、水を注いだグラスに入れた。押し寄せてくる疲れ……。ノノはどこにいるのだろう。いや、ママはどこでいったい何をしているというのだろう。幼い頃の記憶は鮮明ではない。あの事故から二十年以上の歳月が流れている。なのに、まだ生き残っている者たち、ぼくもリリーも、勉江もパパも、みんな古い記憶に引きずられている。死者は結局、生きている者たちの中で神格化される。そして、生き続けるのだ。

冷たい水を飲みほした時、今度は不意に、インターホンが鳴った。朝の八時に来客？　ぼくは奥の部屋から出てきたアンジェラを遮って、自らドアまで行きインターホンのボタンを押した。アンジェラには仕事に戻るようにと目で合図を送った。モニター画面の中に朝の陽光に包まれた男のシルエットが映し出されている。

「どなた?」

「ギヨームだよ。ジュールか?」

と野太い声が戻ってきた。

「すまない、朝早く。実は君のパパにちょっと渡したいものがあって届けに来た。送っても良かったんだけど、急いでるんじゃないかと思って」

開錠し、ドアを開けた。とても珍しいことであった。ギヨームという画廊主は作家とはある種の距離を保った。このような時間、やって来たからには何か特別な意味がありそうだ。ギヨームは六階に到着したエレベーターから顔を出すなり、申し訳なさそうな笑顔をぼくへと向けた。

「君のパパ、寝てるのか?」

「ええ。どうしたんです?」

「いや、その、小切手を。この前、警察から電話があった。なんか家政婦が泥棒したんだって? 書の代金を」

差し出された封筒をぼくは受け取った。中身を確認すると小切手が一枚入っている。

「警察から連絡が? おかしいな、被害届は取り下げたのに……」

「なるほどね、だから、あれから連絡がないんだ。一週間前に、事務所に電話があった。出たのは秘書で、俺はリヨンにいたからね、そのことを昨夜まで知らなかった」

小切手には七百ユーロと書かれてある。アンジェラに聞かれてはまずい話かもしれないと思い、外に出て、ドアを閉めた。

「ジュール。タイジには言ったんだけど、たぶん、忘れちゃってるんだな。渡したのは裏の金なんだ。表沙汰にしたくないから現金で支払った。タイジも申告しないで済む。だからその分安く売ってもらった。分かるか？　言ってる意味。お互いウインウインな取り引きってことだ。でも、家政婦がちょろまかし、それが警察沙汰になったとなれば話は別だ。もちろん、警察が捜査を中止しているのは今聞いて納得出来たけど、でも、正直、いつ再燃するとも分からないし……。だから、今のうちに正常化させておきたい。小切手で正規の金額を払いたい。六百ユーロの返金はいつでも構わない。受け取りのサインがほしい。今じゃなくてもいいし、タイジが起きてから、ここにサインをもらって送り返してほしい。現金も一緒に」

気になることがあった。

「七百ユーロじゃないの？　パパは七百と言った。この小切手も七百になってる」

「七百と最初に言ったのは君のパパで、俺はそこから更に値切った。現金だったら、六百でいいだろうって。そしたら、あいつ、笑ってた。裏だから申告しないで済む。まるまる六百ユーロが自分のものになる。小切手なら七百、そこから税金で取られる。どっちがいい？」

「じゃあ、百ユーロ盗まれたというのはパパの勘違い？　封筒には六百ユーロちゃんと入っていた」

ギヨームは肩を竦め、

「俺が間違えるわけはないだろ、六百しかもともと入ってない。勘違いしたんだよ、ほら健忘症だし」

と付け足した。

*

教室の窓が光りで白く霞んでいる。生徒たちはテスト用紙に視線を落とし、室内には鉛筆と紙の擦れる音だけがカリカリと静かにたゆたっている。ぼくは教壇に佇み、オペラの上空を見上げていた。結局、ノノは見つからなかった。奇妙な喪失感と漠然とした不安がぼくを包囲していた。それはいつどの瞬間、どこでテロが起こるのか分からないという警戒心にも似ている。平穏な日常にありながら、いつの頃からか暮らしの中に不意にテロに巻き込まれるかもしれないという不安が付きまとうようになった。幼い頃には想像さえしたことのない感覚だったが、それがある時から当たり前となり、なんとなく、人込みや観光地を避けるようになった。目に見えないストレスや不安がこの国で生きる者たちの心に刻み込まれつつある。その影響が自分にもひたひたと押し寄せている。この瞬間、この静寂を破るような爆発音がすぐ眼下のオペラ通りから届けられてもおかしくはない。日常が静かで穏やかであればあるほど、パリの中心部で生きる自分たちは人質にとられているような気分になる。ぼくが暮らすオーベルカンフ界隈でも大きなテロがあった。バタクラン劇場にはリリーと毎週末ライブを観に出かけていた。アパルトマンから歩いて五分の距離である。憎しみの連鎖は今後もなくなることはないだろう。それはリリーとぼくの間にもささやかな深刻さを持ち込んでいる。

午前中の授業が終わると、事務局長に呼び出された。古びた建物の最上階にある彼の部屋で向き合った。口を真一文字に結んで険しい顔をしているので、覚悟をしなければならなかった。

「君は優秀だし、生徒からの信頼も厚い。正直辞めてもらいたくはない。でも、このままではみんなが困る。案の定、昨日、一人の生徒から抗議があった。お父さんのためにも、万全な態勢を作るべきじゃないのか？　たとえば二十四時間、住み込みで誰か見守りの人を雇って付けるとか」

「金銭的な余裕がありません」

事務局長は口をぎゅっと結び直した。

「二十四時間じゃなくても、君が働いている間だけ、お父さんの傍にいることの出来る介護人が必要でしょう？　現実問題として」

「それはそうです」

「まず、お父さんと一緒に暮らすことからはじめないとならない。君は一人暮らし。お父さんも一人、だよね？　そもそも、そこが良くない。私の言うべきことじゃないけど、お父さんの病気の性質からして、身内の人間が傍に付きそう必要がある」

黙っていると、事務局長が柔らかい笑みを口元に浮かべ、

「とにかく、もう少し出来ることがないか、よく考えてみてほしい。こちらも出来る限りの協力はする。出来る範囲でだけど」

と言った。

編集者のエリック・ジョフルとオデオンのカフェで昼食を摂る約束があった。春の光りが降り注ぎ窓際の席は暖かい。小太りのエリックは窮屈そうに木製の椅子に納まっていた。首に芥子色のマフラーを巻きつけ、薄手のコートさえ脱がないで。きっと少し寒いのだろう。でも、ずっと笑顔であった。ぼくたちの間には印字されたぼくの小説がボンと置かれてあった。

「元気？」

「いえ、そうでもないです」

「ま、人生はいろいろとあるからしょうがないね。悪いことといいことが交互にやって来る」

彼はずっと笑顔を崩さなかった。

「大変なことばかりですよ。父は健忘症だし、人間関係もいろいろ大変で。もしかしたらぼくは人生のどん底にいるのかもしれない、気が付かないだけで……」

「ジュール。いいこともある」

「だったらいいんですけど」

「秋に出すことが決まったんだよ」

エリックが何を言い出したのか最初分からなかった。でも、彼はずっと微笑んでいた。ぼくは彼の目の奥に隠されているであろう真相を覗き込んだ。そうだよ、その通りだ、とでも告げるように、彼は小さく何度も笑顔で頷いている。ぼくは半信半疑ながら彼に訊き返した。

「出版のこと？」

「編集部で協議の結果、秋の文学賞の季節に出すのがいいだろうってことになった。ちょっと時間がないけど、でも、まあ、間に合う。君に異存がなければだが、十月発売で進めていく」

「ちょっと待って。本当に？」

エリックの微笑みがぼくに希望を与えた。

「編集委員の反応がとっても良かった。ただ、出版までに七か月弱しかない。ちょっとバタバタしそうだね。時間は作れる？」

「もちろんです！」

「君と仕事が出来ることになって嬉しいよ」

「驚きました」

「実は、私もだ」

二人は同時に笑った。エリック・ジョフルの本業は小説家であった。編集者を兼ねている作家は多い。その中でも彼は毎年評価される作品を世に送り出す。文学界に話題を振りまき続けている。ぼくは彼の作品も、彼が発掘した作家たちのことも気に入っていた。そこに仲間入り出来るだなんて……。あまりに不意に喜びが訪れ、どうしていいのか分からなかった。もっと喜んでいいはずなのに、半信半疑でもあった。それに、本当に嬉しい時というのは実感が伴わず、飛び上がることも絶叫することさえも出来ない。

ふと、パパのことが脳裏を掠めた。小説家でもあるパパはどんなふうに思うだろう。喜んでくれるだろうか？　息子が同業者になるわけだから、複雑かもしれない。本が書店に並ぶまで内緒にしておいた方が良さそうだ。どういうものが出来るのかも分からないし、その時、刷り上がった本をそっと手渡せばいいだろう。実際に本が書店に並ぶまで、本当にそれが実現するかどうか分からないのだし。リリーにだけこっそりと伝えることにした。

ところがリリーはこの話題に特に反応を示さなかった。良かったね、と呟いただけで、話の矛先は呆気なく勉江のことへと切り替わった。「良かったね」という言い方も気持ちの籠ったものではなく、むしろ話題を切り替えるための区切り。その後、リリーは吐き出すように今の気持ちを吐露しはじめる。痛々しい言葉がぼくのささやかな幸福を打ち砕いていった。

「仕方がないから、ママに会いに行って、これまでの全てを洗いざらい話したのよ。なんでこんなことになったのかって、すごい剣幕で詰め寄られたから。勉江は、ほら、あいう性格じゃない？　だから、激しい応酬になった。自分に内緒でことを進めた私たちへの不信感が爆発した感じ。血相を変えて、捲し立ててきた。親を騙すつもりだったのかって。そんなわけないじゃない。私たちだってすごく悩んだんだけど、私の立場になってもらえたら分かるでしょ？　ママだけが辛かったわけじゃないわよねって。幼い頃の私はもっと苦しんで、なんとか私なりに頑張って今日まで生きて来られたわけなんだからって……。でも、運命の悪戯としかいいようがないことだけど、私はその人生の荒波の中で、こともあろうにジュールと出会った。私のせい？　神様の悪戯じゃないの？　説明出来ないことだって世の中には幾らでもあるでしょって。私たちは私たちなりに、二人で真剣に話し合って、ママを傷つけない方法を模索してきた。そこをまず理解してください。フランシスにも相談をしたわ。みんなママを傷つけたくないから、頭ごなしに文句を言わないでよ、もう少し私にも思いやりを持って接してくださいって、言ったのよ」

小説の出版が決まったことを告げるべきではなかった、とぼくは後悔していた。リリーの興奮が収まることはなかった。腕を振り上げ、椅子に座るぼくの周辺をぐるぐる歩き回り、勉江とのやり取りを一つ一つ思い出しながら、言葉に変換し叩きつけてきた。ぼくは頷きながら黙って彼女の話を聞くことしか出来なかった。

「そのうち、ママは泣きだすし、結婚を認めるわけにはいかないって大声で喚きだすし、仕舞いには灰皿を壁に投げつけた。とにかく昨夜は大変だったの。君が小説を書いていたことも知らなかったし、いきなりこのタイミングで本が出るって言われても、何も言えない。なんで、黙って、そんなもん書いてたの？」

「え？　何？」

「だから、どうして、内緒で小説家なんか目指してたのかって訊いてるのよ」

ぼくはリリーを振り返る。リリーは両手で顔を覆っていた。歯を食いしばって泣くのを我慢しているが、すでに涙は溢れ出ていた。口を開いて呼吸をしないとならないほど、

興奮していた。ぼくは立ち上がり、

「そのことは今度また改めて説明するよ。今は、勉江のことが大事だ」

と出来る限り優しく告げた。リリーはぼくに抱き着いてきた。仕方がないのでぼくはそっと彼女の肩に両手を回した。

「勉江が落ち着くのを待つしかない。昨日、言ったように、少し時間が必要なんだよ。急いでことを進めても泥沼に陥るだけだ」

「もう、泥沼の中だよ」

「でも、まだ底なし沼じゃない」

リリーが泣きながら笑いだした。そして、小さな声で、

「底なし沼だよ」

と消えかかる掠れ声で付け加えた。ぼくは黙った。黙るのがいつだって最善の方法であった。

＊

パパの病状を考えると、実家に戻って一緒に暮らすしかなかった。アパルトマンの解約通知を大家に送った。解約通知から実際の解約までに三か月かかる。家具付きのアパ

ルトマンだから、引っ越しは業者に頼むまでもない。リリーは怒るだろうが、仕方がない。結婚は勉江次第という状態だし、いずれにしても、もう少し時間が必要なことは疑う余地がない。まずやらなければならないことはパパの介護、次に余裕が出来たら結婚。この順番しかなかった。

代理の家政婦アンジェラはいつもの時間より三十分ほど遅れてやって来た。パパはまだ寝ていた。遅刻だね、と告げると、

「今日で辞めたい」

とアンジェラが不意に言い出した。

「今日までの分を払ってもらえますか？」

「なんで？　困るよ。パオラが次の人を探すまでの約束じゃないか」

ぼくが少し高圧的な口調で告げると、俯いていたアンジェラがキッとした目でぼくを睨み返してきた。そして低い声で、

「イネスが入院したの」

と告げた。イネスのことは、置き場所がなく、頭の奥に放置したままであった。六百ユーロのことを思い出した。

「あの子は無実です。でも、あなたとパオラが怖いから、家に戻って来られず、知り合いのところを転々としていた。先週から若い男友達の家にいたらしい。だけど、その子

に暴力をふるわれて……。ここではもう働けない」

アンジェラは目を閉じた。ぼくは驚き、次の言葉を紡げずにいた。アンジェラの目に涙が溜まりはじめる。暴力、若い男……。

「パオラは？　今、どこに？」

「病院です」

「イネスの具合は？」

「分からない。命に別状はないけど、そういうことじゃないでしょ？　あの子は無実なんですよ。なのに、こんな酷い仕打ちを受けるだなんて。あなたのお父さまのお世話はもう出来ません。今日までの分を払ってください」

「どこの病院ですか？　謝りに行きたい」

アンジェラは俯き、再び瞼を閉じた。そこにパパがやって来て、ぼくらを見つめる。ぼくはパパの視線から僅かに目を逸らした。パパは入り口のところに立ったままじっと動かない。アンジェラがパパに気が付き、一瞥した。どうしたらいいのか、分からなかった。ずっと、どうしたらいいのか分からなかった。

＊

バス停に降り立つと、たぶんアメリカ人の観光客の一団だと思うが、狭い歩道を占拠していた。思うように前に進むことが出来なかった。歩道から溢れる人々を見て、なぜか、小さな苛立ちと不安が生じる。ふと、ここでテロが起きたら、大勢の犠牲者が出るな、とまたしても嫌な想像が頭を過った。人込みを避けるのが、ここで生き残る最善の方法であった。面倒くさいことを避けるのがパリで生きる唯一の賢い方法であった。

昼休みの時間を利用して、シテ島にある総合病院、オテル・デューに立ち寄った。パパの勘違いのせいで、若いイネスの人生が傷ついたのであれば、その責任を免れることは出来ない。シテ島に向かう途中、バスの中から警察に電話をし、担当刑事に、鑑識の結果が出ているなら教えてほしい、と訊ねた。イネスの指紋は採取されなかった、と彼は告げた。目の奥に痛みを覚える。

「その後、何かあったのですか？」

「やはり、父の記憶違いが原因のようです」

とぼくは刑事に伝えた。

「家政婦は無実でした。健忘症の父の記憶違いが原因で……」

大変なことになった、と考えながら、受付前のごちゃごちゃした人々の渦の中にぼくは立っていた。救急車で運び込まれた若い男がすぐ目の前のストレッチャーに横たわっている。救急隊員が寄り添い様子を見ているが、頭部の包帯は血で赤く染まり、男はぐったりしている。駆けつけた医師たちに救急隊員が保護された時の様子などを説明しているようだった。イネスもこんな感じでここにやって来たのかもしれない。はじめて実家でパオラにイネスを紹介された時のことを思い出す。笑顔が爽やかな、まだ、田舎から出てきたばかりの明るい若い移民の娘であった。

イネスの病室を探し、薄暗い廊下を移動する。老朽化した病院の中に、鈍い異臭とでもいうべき独特な薬品の匂いが染みついている。観光地パリの顔とは異なる、もう一つの暗い表情のパリがそこにあった。中庭に面する窓から、薄い膜のような弱々しい光りが廊下に注ぎ込んでいる。介護人に付き添われた車椅子の老人、点滴と一緒に病院内を移動する患者、忙しなく動き回る汚れた白衣の医師たち、見舞いに訪れた家族連れ……。ぼくはここでも小さな苛立ちと不安を覚えた。廊下の突き当たりにパオラを発見した。彼女は日溜まりのベンチに座り、俯いていた。額縁に入れられた印象派の絵画のようであった。逃げ出したかったが、動けず暫く黙って彼女を見つめていると、気配を感じたのであろう、パオラがゆっくりと顔を上げた。一瞬、驚いた顔をしてみせたが、パオラは何も言わなかった。生まれた頃からぼくの面倒を見続けてきてくれた、ある意味で、ぼくにとってもっとも身近な女性の一人。あの孤独な日々、優しく抱きしめてもらった記憶がある。

ママが死んだ後、

「いいかい、ジュール。人生は過酷なのが当たり前なんだ。当たり前だと思えば、乗り越えられないものはない。幸せな人なんかいない。実は、王様だって、みんな孤独なんだよ。だから、負けちゃだめだ。君は立派な人間になって、君に相応しい幸せを摑めばいい。人にはそれぞれ、相応しい幸福というものがある。そしてその幸せを離さないことだよ」

パオラが幼いぼくに言って聞かせた言葉を忘れたことがない。この人の優しさに対して、ぼくは真面目に生き、一生を懸けて応えなければならない、とあの日、思った。そのパオラを少なくとも今、このような絶望の淵に追いやったのは他でもないこの自分である。言葉が見つからず、嘆息と同時に、視線を逸らしてしまう。きっと、イネスは書の代金を盗んではいなかった。パパの勘違い、それは健忘症のせいかもしれない。そもそも、パパのことを経験のないイネスに任せたのがいけなかった。後悔したところで、時間を元に戻すことは出来ない。正直に話さないとならない。正直に謝らないとならなかった。

パオラが立ち上がり、よろよろと、ぼくの目の前までやって来た。どれほど彼女が疲労困憊（こんぱい）していたのか、疲れ切ったその顔色から察することが出来る。半開きにした口は、呼吸をするのが精一杯という感じで、小さく震えていた。その二つの老いた目が赤かった。視線が静かに訴えてくる。パオラがぼくの腕を優しく摑んで、落ち着いた物言いで告げた。

「男はイネスを夜の街で働かせようとしたんだけど、イネスが拒否したので殴る蹴るの暴行を働いた。イネスは逃げ出し、警察に保護された。せっかく来てもらったけれど、今は面会出来ません。重傷なんです」

ごめんなさい、とぼくは謝り、パパの勘違いを伝えた。重傷という響きに狼狽(うろた)えながら、仕方がなく、パオラの瞳の中の自分を見つめた。

「一つお願いがあるのよ、ジュール」

ぼくの腕を掴んでいるパオラの手に力が籠った。

「イネスはサンパピエだけど、たとえば君の学校の学生になることが出来たら、滞在許可証を手に入れることが出来る。そうすれば、彼女は堂々とここにいられる。もちろん、一、二年の猶予ということだけど、それでも助かる。一度でも学生をやっていれば、いろいろと大目に見てもらえる世界なのよ。力を貸してもらえないでしょうか?」

「学費は?」

パオラが口を結んだ。

「学生証だけ発行させることは出来ないよ。そんな権限はぼくにはないし、実は、ぼくもパパのことが原因で学校を辞めなければならなくなるかもしれないんだ」

パオラの表情が翳る。踵を返し、ベンチに戻って腰かけてしまった。再び、あの、ぼやけた印象だけの絵画となる。少しの間、逡巡したが、ぼくは急いで彼女の傍まで行き、横に腰を下ろした。言葉を探す。何度か唾液を飲み込み、何度か天井を見上げた。

「ただ、学校側と交渉をして、学費を割り引いてもらうことは出来る」

「そんなお金はない。今日、生きていくのでさえ、精一杯なのに」

　パオラはスペイン語に切り替えた。フランス語からスペイン語に変わった途端、語調がきつくなった。だからぼくもスペイン語に切り替えた。

「不法滞在は必ず国外追放になるの？」

「いいえ。国外追放になる者の数字は年に三万人前後。彼女は入院しているし、今日明日、追放される可能性は低い。フランス全土に数十万人のサンパピエがいる。国にとっても大事な労働力です。全員を国外追放には出来ないし、しないわ。運が悪ければ国外追放になるけど、運が良ければならない、という感じ。でも、テロの時代だから、分からない。運命と一緒よ」

　パオラがぼくに向き直った。眉根に力が籠る。彼女の瞳に鈍い光りが宿る。

「うちにいた連中は全員不法滞在者。誰一人、労働許可証は持ってない。もちろん、私は持っているけど……。みんないつもびくびくしながら裏で働いてきた。私のように三十年近くこの国で生きている者もいるし、入ってすぐに追放された者もいる。イネスにはなんとかこの国で生き続けてほしい」

「パオラ。あなたはぼくが生まれた時からぼくの家で働き続けてきた」

「ええ。ずっと働かせてもらっています。ムッシュ・タイジにはよくしてもらいました。私はあの人が好きです。ジュール、なんとか力を貸して」

「約束は出来ないけれど、自分に何が出来るか考えてみるよ」

「じゃあ、簡単よ。元気になったイネスをもう一度雇ってください」

「え？　本人は大丈夫なの？」

「警察にマークされているから、どちらにしても他では働けない。何かあると、私たちの生活や滞在や仕事に影響が出る。でも、君のところなら、事情が分かっているし、裏で働くことが出来ます。出来れば、毎日雇ってもらえるとありがたい。あとはタイジ次第。それは君の仕事になるでしょう」

分かった、とぼくは約束をした。

「それは出来ると思う。パパの勘違いなんだし、ぼくが責任持ってきちんと説明する」

パオラがぼくの腕を力強くもう一度掴んだ。

「ありがとう」

ぼくはパオラの手を上から握りしめた。パオラの目元がうっすらと赤い。医師と看護師が病室から出てきたが、ぼくらを素通りし、廊下の奥へと消えた。パオラが遠ざかる医師を見送る。ぼくは立ち上がり、パオラを見下ろした。ママのことを思い出した。消えかかる記憶の中で、俯くママ。ママはずっと悩んでいたのであろう。酔ってぼくのベッドに潜り込んできたママのあの日々の苦悩を理解しなければ、とぼくは思った。

じゃあ、また連絡します、と言い残してぼくはパオラの傍から離れた。

＊

アンジェラが辞めてしまったので、家のことをやらなければならなくなった。イネスのこともあり、リリーは表向き小言を言わなくなった。オーベルカンフには様子を見に立ち寄る程度で、結局ぼくは実家で寝泊まりすることになる。リリーの傍にいるとまた勉江の話題になる。別々で暮らすのが、お互い一時的な気休めとなった。急ぎの郵便物などがあればリリーから連絡が入った。その都度、オーベルカンフに戻り、ちょっとリリーと話をした。用件を片付けると、すぐまた実家に戻る。もちろん、リリーは不満気だったが、パパを一人にしておくことが出来ないことを理解している。たぶん、彼女なりに先々のことを考えはじめているようだった。次第に口数が少なくなり、ぼくらの間でかつてのような会話は減った。刺激しないよう、ささやかな距離を保つ努力をするしかなかった。

そして、ぼくはこまめにパオラに電話を入れ、イネスの状態を聞いた。

「足をまだ引きずっているけど、病室をちょっと歩くことが出来るようになった。若いから身体はずいぶんと快復してきました。でも、あまりに若いからね、心はなかなか元には戻ってくれなくて」

とパオラは電話口で告げた。

ぼくはイネスのことについてパパと何度か話し合いを持った。結局、イネスは何もやっていなかったことを説明した。ギヨームからもらった小切手を提示し、警察の鑑識結果についても伝えた。疑われてイネスはパオラの家に戻らなくなり、結局、避難場所で男友達から暴力を受けたこともそのまま正直に伝えた。パパは眉間に縦皺をぎゅっと刻み、首を度々傾げながら、黙って聞いていた。

「また、ここで働かせたいんだけど、快く迎え入れてあげられるよね?」

と訊いた。パパは視線を逸らしたまま、

「よく分からない。なぜだか分からないけれど、あの娘とは気が合わない。一緒にいるとイライラする」

と返ってきた。イネスも同じ気持ちであろう。誰かが何かをしたわけではない。悪い人なんかいないのに、誰一人良い方向に向かわないだけのことであった。

＊

ぼくの心の中で死んだように生きているママのことを思い出した。みんな都合が悪くなると死んだふりをする。生きていても死んでも、一緒だった。ママの不在は、一生続く。でも、同時に、この世に生きていないという理由で、常に頭の片隅には存在し続けている。夢の中によく出てくる。ぼくの意識の中には確実にいるのだから始末が悪い。パパとの日常をなぞるような夢の中に、何かうっすらとママの気配が存在した。いるな、となんとなく分かる程度のものだが、消えることはなかった。死んだ人間なのに、死んでも強くぼくの中に在り続けた。それをなんと表現していいのか、ずっと分からなかった。リリーの言葉を借りるなら「乾眠状態」であろう。これ以上、正確な表現は見当たらない。ママは必要な時に蘇生し、ぼくの意識の中で生き返って動き出す。そして必要がなくなると、再び乾いた眠りの中へと戻っていった。

そして、ますますパパは老け込んだ。覇気がなく、よく知っているパパではなかった。もちろん、いつものパパの時もあるけれど、そうじゃない時の方が増えた。ぼんやりと窓外を眺めていることが多くなった。こちらは、生きているのに死んでいるような「乾起状態」に在った。

*

人々の抑揚のないフランス語の会話が満席の店内のそこかしこから届く。湯気の立ち込めるカウンターの中でアジア系の料理人たちが忙しなく動き回っている。ガラス戸の向こう側に長い列が出来ていた。数分前にはなかったが、十二時を少し過ぎたら不意に列が出現した。湯気の立ち上る熱いラーメンをすすっているとパオラから電話が入った。どうしても話したいことがある、というので、食事を切り上げ、指定されたオペラ・ガルニエ（オペラ座）へと向かった。

観光客や昼休みの会社員たちがガルニエ宮のファサードの広々とした石段を占拠している。透明な、けれども芯のある強い光りが、荘厳な歴史的建築物を包み込んでいた。観光客、昼休みの会社員、学生など、老若男女問わず、様々な人種がそこに集まっていたが、同じような恰好で石段に腰を下ろし、同じ方向を見つめるある種の規律ある全体の構図がオペラ座の風格とあいまって観光名所特有の風物を象（かたど）っていた。行き交う自動車やバスの騒音、人々の声、街のノイズがぼくの心を揺さぶってくる。やはり、人の集まる場所へ踏み入るのが怖い。

リラックスした群衆の中に硬直し光りを背負って佇むパオラがいた。小柄な彼女は一人だけ座らず群衆の中心で立ち尽くしている。目を凝らし、張りつめた気配を漲らせている。遠方からでさえ、彼女だとすぐに気が付くほど、場に相応しくない佇み方であった。イネスの容体に何かあったのだろうか、と心配になった。ぼくに気が付いたパオラが、座っている人の間を縫って、駆け下りてきた。

「ジュール。とっても混乱しているので何がなんだか分からないのだけど、わたし、その、……何と言って謝ればいいのか思いつかず、とにかく説明しなきゃと思って、ここまで来てしまった……」

挨拶もそこそこに、とりとめもない言葉を吐き出した。パオラは明らかな興奮状態の中にあった。フランス語の中にスペイン語が入り交じっている。目が血走っており、震えている。落ち着いて、とぼくは諭した。パオラは一度目を瞑り、深呼吸を素早く一度してから、

「こんなものが出てきたんです」

と言って、持っていた鞄をぼくへと差し出した。使い古された小さな旅行鞄であった。受け取り、開けるとそこにノノがいた。ノノはエルメスのオレンジ色の小箱と一緒に詰め込まれていた。エルメスの小箱は、直感でママのものだろう、と想像がついた。パオラを睨め付けた。彼女は反射的に目を伏せ、その零れ落ちた視線はぼくらの足元を彷徨った。言葉が続かない。とにかく一つの箱を摑み開けると指輪が収まっていた。

「内側に名前が彫られています」

yoko、とあった。

「これはどこに？」

「その、イネスの持ち物の中から……。あの子の携帯が見当たらないので探したんです。そしたら、イネスのトランクの中から……」

ぼくは思わず息を呑み込んでしまう。パオラが唇を噛みしめ、泣きそうな表情をした。すいません、私のせいです、ちゃんと指導しなかった、私のせいよ、と最後は吐き捨てた。場所も弁えず大きな声で、でも、許してください。これは何かの間違いなの。お願い、ジュール、助けて、と堰を切ったように続けた。ママの遺品はパパがどこかに隠していたはずのもの。ぼくはその場所をずっと知らなかったし、探そうとも思わなかった。イネスがどうやってそれを見つけたのか分からない。でも、今それらはぼくの手の中にあった。パオラからママの遺品を受け取った。エルメスの腕時計、プラチナと金の指輪、ネックレスの四点だった。

「他には？」

「分からないけど、とりあえずこれだけ。その、まだ安静が必要な状態だから、イネスには問い質せずにいるの。どうしていいのか、分からない」

「分かった。とりあえず、これはぼくの胸の中に仕舞っておくよ」

「ごめんね、ジュール。本当にこんなことになるだなんて……」

「パオラ。これで全部かどうかが気になる。どういう遺品があったのか、ぼくには分からない。パパもあんな調子だから、もしかすると完全には思い出せないかもしれない。でも、ぼくには大切な遺品。他にあるのならば、戻してほしい。元の場所に」

ぼくらは見つめあった。パオラは汗を掻いていた。その汗が顎先を辿り、地面にゆっくりと滴り落ちた。パオラは目を閉じ、小さく息を吐き出した。

学校に戻り、午後の授業が終わった後、ぼくは鞄の中をもう一度念入りに調べてみた。すると、鞄の内ポケットの中にこぶりの封筒が入っていた。取り出し、中を開けると、それはママがパパにあてた手紙であった。日本語で書かれており、急いで目を通したが、知らない漢字も多く、日本語の書き言葉のニュアンスもよく分からず、とはいえ、日本人の同僚に読んでもらうことも出来ず、どのようなことが書かれているのか、一読では理解出来ない古代の木簡のようなものだった。ノノが神妙な顔つきでぼくを見つめていた。ぼくは見つめ返した。ノノが心配そうに、小さく一つ頷いた気がした。

その夜から辞書を片手に翻訳を開始することになった。長いこと眠っていた言葉たちを一つ一つフランス語へと訳して蘇らせていった。それは死んだママを生き返らせる作業そのものでもあった。

*

「泰治へ。

白鳥の島から見渡すセーヌの、静かで力強い流れを忘れたことはありません。脈々と流れ続ける、絶えざるセーヌは私たちの希望であり、命の水脈でしたね。充路が生まれてからも私たちは幾度となくあの中州（なかす）に足を運び、右岸と左岸の四季折々の風景を眺めたものです。あなたも私も言葉の人間ですが、二人の間を行き交う日本語はそれほど多くありませんでした。むしろ、私たちの言葉は同じ言語なのにほとんど通じなかった。まるで外国語のように空しく響き渡った。けれども言葉よりも大切なものがその頃の私たちの間にはまだ横たわっていたように思います。しかし日々、歳月というのは実に残酷なものであり、毎日というものは本当に無情なほどの勢いと流れを持っていますね。季節が過ぎゆくように、私たちの心の岸辺にも無数の落ち葉が舞い散りました。あの日、秋のセーヌを埋め尽くす大量の落ち葉のせいで、あの川が黄色くなったのを覚えていますか？　川面に降り積もったポプラの黄葉した葉がセーヌをイエローリバーに変えたのです。たしか充路が二歳の時のことでした。愛は木々の葉のようには色褪せないものだと思っていましたが、そうではなく、人間はその生命さえも、入れ替わっていく宿命を背負った生き物なのだと、私はあの光景を眺めながら実感したものです。私たちの想いがやがて枯れ葉となって、セーヌを覆い尽くしたとしても、川の絶えざる流れがそれを下流へと押しやってしまうでしょう。過ぎ去る日々の中で、あなたではない人と出会ったのは神の悪戯ではなく運命じゃないか、と考えています。でも、私は彼を選んでしまったので、このことに関して言い訳するつもりはありませんが、その結果、もうあの島へは行くことがなくなりました。私たちはいつか、右岸と左岸に立ち、それぞれの岸辺からセーヌを見つめることになるのでしょう。すでに、もう何年も前から、実際には、そうだったのじゃないか、と回想します。それでも充路のことを思えば、悩まない日々はありません。でも、私はリシャール・マルタンのところへ行きます。巡る季節のように、人生は色づくのです。それが再び枯れ葉になることを誰もが知りながら、もう一度色づくことを拒むことは出来ないのです。

追伸。これから少しの間物事を整理するために家を空けます。ごめんなさい。ちょっとパリを出て、リシャールと冷静な話し合いを持つためです。戻ってきたら、私たちのことも話し合いましょう。一方的でごめんなさい。

葉子」

# 7

その日、授業が終わったのは二十時半だった。郵便物あり、とリリーからメッセージが届いたので、オーベルカンフに立ち寄ることにした。アパルトマンの灯りは消えていたが、リリーはキッチンにいてワインを飲んでいた。小さなテーブルの上に、彼女のお気に入りのアロマの蠟燭(ろうそく)が灯っている。優しく声を掛けたが、返事は戻ってこなかった。荷物をドア付近に置き、彼女の前の席にそっと腰を下ろした。項垂れていたリリーが顔を静かに持ち上げ、焦点の合わない酔眼でぼくを見つめてくる。そして、力なく微笑んでみせた。僅かに揺れる炎のせいで、彼女は安定しなかった。アルコールのせいもあるに違いなかった。ワインのボトルはほぼ空で、零れた赤ワインがまるで流れた血のようにテーブルの一角で塊になっていた。

「最悪よ」

と彼女は暗いシャンソンでも歌うような調子で最初の一言を奏でた。

「何もかも、思い通りにはならない世界……」

ぼくは棚から新しいグラスを取り、残ったワインを注ぎ、口を付けた。

「運命って言葉大嫌い」

彼女の声が鼓膜を擽る。一度目を閉じ何かを考えてからふっと小さな嘆息を吐き出した。

「君も勉江もフランシスも大嫌いよ」

怒っている口調ではなく、母親が幼い子に諭すような優しい物言いであった。そして、彼女は笑った。目を閉じたまま。思い出を反芻するような感じで。

「もう、どうでもいい」

テーブルの上の丸めてある紙を掴み、ぼくに向けて投げつけてきた。それはぼくの頭に当たって、カラカラと乾いた音を響かせ床に落下した。拾って、開いたら大家からの書留であった。解約の了承と解約日時などが記されてある。

「そんな大事なことを相談無しで決めちゃうのね」

と彼女は続けた。やや、憤りの籠った声音に変化した。

「でも、パパをほっておくことは出来ない」

とぼくは芝居じみた口調で言い訳した。そうね、と彼女は低い声で吐き捨てるように返したが、同意したわけではない。鼻で笑い、最低、と小さく付け足した。

「完全退去まで三か月あるし、その間にいろいろと事態も変化があるだろうし」

「何の事態かしら？」

「その、勉江の心の変化とか、パパの具合とか、分からないけど、ぼくの仕事のこととか、ぼくたちの結婚に対する考え方とか……」

数秒の間が空き、リリーは不意に眉間に皺を寄せてから、残っていたワインを一気に飲み干してしまった。ぼくは訳し終えたママの手紙を鞄から取り出し、リリーに差し出した。酔った目で彼女はじっと封筒を見つめていた。長い沈黙が過ぎ、ようやく彼女はそれを摑んで中から便箋を取り出した。不安定な眼差しが次第に焦点を合わせていく。読み進むうち、彼女の目元が引き締まった。背筋が伸び、顎を突き出し、険しい顔つきになった。

「見つけたんだ」

「どこで？」

「話すと長いけど、ママの遺品の中から」

「これ、事故のあった日に書かれたものじゃない？」

「きっと……」

ぼくらはお互いの瞳を覗き込んだまま、長い時間、言葉を探し続けた。リリーの目や瞼や眉根は彼女が記憶を弄るたび、微弱な反応を示した。ぼくがこの手紙を発見してからの自分の心の変化をリリーの表情の中に見て取った。彼女の困惑を理解することが出来た。

その時、ぼくの携帯が鳴りだした。音量を上げていたので大きな呼び出し音がキッチンに響き渡り、ぼくもリリーも同時に身体を強張らせてしまう。

「また？」

リリーがため息と同時にそう漏らした。ぼくは携帯を取り出した。やはり、パパからであった。通話ボタンを押した。

「もしもし」

「充路か？」

携帯から漏れたパパの声がリリーにも聞こえたようであった。リリーが顔を背けた。関わりたくない、という意思表示であった。

「どこ？　今、どこから？　すぐに迎えに行くよ」

「いや、そうじゃない。リリーのお母さん、勉江さんが来てる」

しっかりとした口調であった。パパは日本語で喋っていたが、母親の名前にリリーは反応を示した。俯いていたリリーが顔を持ち上げる。ぼくらの視線が激しくぶつかる。彼女が勢いよく立ち上がったものだから、椅子が後ろへ倒れて大きな音が反響した。リリー・マルタンは目を見開き、驚いた顔をぼくに向ける。なんですって？　君のお父さん、なんて言ってるの？

「パパ、なんだって？　もう一度言ってもらえない？」

「ほら、名前書いたじゃないか、前にここで。紙に、リリーのお母さんの名前を。その勉江さんが来てる。今、お茶を淹れてるところだ。ジャスミン茶があったから、それでいいかな？　中国の人だから、ジャスミンがいいだろ」

「すぐに行く」

「待て！　君らをここに呼ばないでほしい、と何度も念を押された。二人で話がしたいんだそうだ。おそらく君らの結婚についての話じゃないかな。でも、黙って二人だけで話すのはよくないと思ってさ、こっそり、キッチンから一応、状況だけ伝えるために電話した。これからお茶を出すよ。じゃあ、戻らないと」

電話が切れた。リリーがぼくの腕を摑んだので、素早く要旨を説明した。リリー・マルタンの視線が宙を泳ぐ。

「……ママったら、いったいどういうつもり？」

「勉江、どうやってうちの住所調べたんだ？」

「弁護士とか、保険会社で調べたのかもしれない。住所、変わってないでしょ？　だから、分かったのよ」

「行こう」

「待って！」

リリーは倒れた椅子を元通りにしてからそこに再び座り直した。躊躇いの後、小さくかぶりを振った。ママの手紙を握りしめている。必死に考え込んでいる。彼女の視線が再びどことはいえない中空を彷徨いはじめる。

「行かない方がよくない？　この際だから、二人きりにさせておいたら？　私たちが行くと一気に話がこじれない？」

ぼくはリリーの前に座り直した。落ち着かなきゃ、と思った。蠟燭の炎が揺れる。迷う心を代弁しているかのような淡い光りがリリー・マルタンを包み込んだ。

「そうだね、二人きりで話しあってもらういいチャンスかもしれない。君のママとぼくのパパ、二人だけにしておくのがいいだろう」

リリーが目を閉じた。蠟燭の炎でリリーの顔の輪郭がゆらゆらと左右に、とっても不安定な感じで揺れはじめる。リリーが何度目かのため息を漏らした。

「もっとこじれるかもしれない。二人きりだと」

「でも、ぼくらがそこに揃って顔を出したとして、事態はまるく収まるだろうか？　少なくとも、勉江は自分から乗り込んだ。何も知らずにパパは彼女を受け入れた。そうだ、パパは勉江がリシャール・マルタンの妻だったとは知らない。勉江はそのことを言いに行ったんじゃないか？」

リリーはかぶりを何度も左右に振ってから、なんてこと、と言った。

「洗いざらい君のパパに打ち明けて、この話をぶち壊す気よ」

「ぶち壊すのとは違う。彼女もどうしていいのか分からないんじゃないか？　長いこと苦しんできたから、だから、何かはっきりした考えがあって、パパのところに行ったわけじゃなく、何かに縋るような思いを抱えて、あそこへ向かったのかもしれない。だったら、二人きりにさせておいた方がよくないか？」

リリーは立ち上がり、冷蔵庫から冷えたペティヨン（ガス水）を取り出し、空のワイングラスの中に注ぐと、今度はそれを一気に飲み干した。

「もし、そうだとしたら、二人きりにさせておくのがいいでしょうね」

リリーは自分に言い聞かせるように呟いた。でも、落ち着かないようで、キッチンを行ったり来たりしはじめる。その動き方が、どこか water bear に似ていた。それから、コーヒーマシンの前で立ち止まり、ぼくの分と自分の分のエスプレッソを淹れた。ぼくは手渡されたコーヒーに口をつけたが、リリーは淹れたてのコーヒーは飲まず、シンクの横に置き、水道の蛇口をひねって水を出した。三十秒ほど、水は流れっぱなしとなった。右手を水流の中に差し込んだ。水が飛び散った。シンクを伝って排水管を流れ落ちていく水のゴボゴボという音が室内に響き渡った。リリーは残った手で蛇口を閉じた。

「このまま二人だけにしておいて、大丈夫かな……」

リリーが再び小さな声で告げた。ぼくはそれには応えなかった。何、考えてるの？

なんで？　何を企んでいるの？　どうしたいの？　もう、うんざりよ。リリーは誰に向けて言うわけでもなく呟いた。

ぼくらはすぐ近くにいたが、言葉を失ったまま、それぞれの闇を見つめ続ける。どうなるのか、ありとあらゆる可能性を想像しながら……。リリーは苛立つ気持ちを吐きだすように、再び水道の蛇口を開き、勢いよく水を放出させた。静寂の中に水の流れる音だけが響いている。間を埋めるような感じで、その水音がぼくらの心を流れていった。

一時間ほど迷い悩む時間が流れ過ぎた。ぼくらは狭いキッチンにいて、向かいあうでもなく、見つめあうでもなく、ただ、起こりうる様々な可能性についてお互い声に出さず考え続けた。けれども答えも出口もなかった。リリーの吐息や、或いは上の住人の足音や、通りで騒ぐ若者たちの怒声、赤ん坊の泣き声、誰かが聞いてるＦＭラジオから流れる音楽などが時折鼓膜を擽っては通り過ぎていった。忘れた頃に、通りを通過する車のヘッドライトがキッチンを明るく染めては消えていった。

「やっぱり、行こうか」

リリーが呟いた。ぼくたちは顔を合わせ、お互いの目の中を覗きあった。

「あれから一時間が過ぎてる。もう、帰ったかも」

とぼくは応じた。

*

路面が光り輝いていた。対向車線の車のヘッドライトやネオンの灯りが濡れた道に鮮やかな光りや輝きを与えている。霧状の雨が皮膚に張り付き、視界が僅かに霞む。薄い被膜の中を潜り抜けているような感覚の中にあった。バイクの後部シートにリリーがいた。彼女はぼくの身体にしがみついていた。いつもよりもぎゅっとぼくの腹部を抱きしめてくる。ぼくの背中と彼女の胸部がぴったりと合わさっていた。彼女の心音が聞こえた気がした。騒音の中に真空があった。背中をとんとんと何かが叩いてくる。速度が上がると、いっそうぼくたちの肉体が一つに溶け合っていく。

パリの街のいつもの風景が、街路樹が、古い建物が、オレンジ色に灯る街灯が、円筒形の広告塔が、劇場が、運河が、見慣れた街並みのシルエットがまるで時が過ぎ去るような感じで、視界の左右へと流れ去っていった。バスティーユ広場が若い人々に占拠されていたので、ぼくらは迂回(うかい)しなければならなかった。あらゆる道に記憶や思い出が横たわっている。ぼくはここで生まれ、ここで育った。日本とフランスの間を行き来してきたが、ぼくが生き続ける街はパリをおいて他になかった。好きとか嫌いとかそういう感情は起きない。ここはぼくの街だった。その思いはきっとリリーも一緒であろう。パリはぼくらの生まれ故郷でもある。

バイクを歩道のいつもの欄干にチェーンで固定させてから、ぼくらは手に手を取り合って建物のエントランスへと駆け込んだ。二人乗れば身動きがとれなくなるような狭い旧式のエレベーターで六階まで昇った。ぼくは携帯を取り出し、時間を確認した。一時間半が過ぎていた。

「最悪な状態になってなきゃいいけど」

鍵を取り出し、扉をそっと押し開け、家の中へと忍び込んだ。光りが灯る廊下の突き当たりから話し声が届いてくる。半分開いたままのドアの隙間からぼくらは覗き込んだ。サロン奥のテーブルに、澤凪泰治と勉江が二人仲良くこちらに背を向ける恰好で並んでいた。壁や本棚なんかに無数の和紙がテープで貼られている。どの和紙にも墨汁で漢字が書かれている。ソファやテーブルの上にも、とにかく部屋中、至る所にそれらは広げられてある。勉江が筆を持っている。和紙に何か漢字を書いているところであった。パパが親しげにそれを覗き込んでいる。長年連れ添った夫婦のように、二人は仲良く肩を並べて座していた。肩と肩がぶつかりそうな、その距離感があまりにも接近しており、ぼくは驚き、思わず息を呑んでしまう。

「どういうこと？」

リリーがぼくに耳打ちした。パパが先に気が付きこちらを振り返った。穏やかな顔である。書き終えた勉江も振り返った。驚くべきことに笑顔だった。

「やあ」

とパパが言った。

彼女は筆を硯の上に置いてから、

「ジュールのお父さん、とっても愉快な人だわ」

とリリーに向かって言った。

「リリーの母です、と自己紹介をしたら、ああ、知っている、と言いだして、何も言う暇を与えてくれないの。それで奥から日本の漉いた紙と硯を持ってきて、いきなり、私の名前を書きだしたものだから、びっくりよ。はじめて会った人に自分のフルネームを、しかも中国の言葉で書かれたんだから」

二人の後ろの一番目立つ場所に「勉江」と書かれた和紙が貼られてあった。

「僕はフランス語得意じゃないから、下手なこと言えないし。会話は時に窮屈だからさ、じゃあ、漢字で気持ちを届けてみようかなと思った。こんな風に和紙に好きな漢字を書いて意思をパスしあった」

「日本人と」と素早く勉江が割り込んだ。

「そう、中国の人となら筆談が出来るんだよ。中国語も日本語も関係ない。言葉が通じなくても、漢字でならだいたい分かる」

一時間半の筆談の結果、二人の気持ちは見えない国境や時間を超えたのであろう。漢字を和紙に書くたび、お互いがそれを読み取って驚きあい、笑いあい、頷きあったであろう、そのやり取りの一部始終が頭の中に浮かんできた。

「和紙にさ、お互いの意思を漢字で書きあって伝えあおうってことになってね。私は書家でもあるし……」

「そう、とっても楽しい時間でした。日本人がこんなに漢字を知っているというの、もちろん、知識としては知ってましたけど、実際、目の当たりにするとね、ちょっとびっくりだわ。あれ？　って感じよ」

と勉江が笑いながら付け足した。

「同じ漢字でも中国のと日本のとではちょっと形や意味が違う時がある。それに日本で生まれた漢字なんかもあってね、読めないのよ」

パパが今書き終えたばかりの勉江の書を持ちあげ、ぼくらの方へ広げてみせた。

「わへい（和平）と発音する。フランス語の la paix のことだ。これは今、二人の間に新たに生まれた会話だ」

壁に貼られてある漢字は、勉江の名前が書かれたもの以外、ぼくもリリーも読むことが出来なかった。なのに、ぼくらの親は生まれた国も何もかもが違うというのに、漢字を通してこの瞬間繋がっている。面白いな、と思った。横にいるリリーの相好がパッと弾けるように崩れた。不思議なことだったが、そこにいる四人が全員、微笑んでいた。最悪の事態は回避されたのだ、と思って、嬉しくなった。

「ママ」

リリーが思い出したように告げた。

「あの話はしたの？」

勉江は微笑みながら、まだよ、と言った。

「何からどう説明したらいいかしらね」

パパは笑いながら、なんのこと？ と訊いてきた。勉江がぼくを振り返った。その口元を結び直した。不自然な沈黙がぼくらを呑み込んだ。パパを除く三人は固まったままその場で動けなくなっていた。パパがもう一度、

「なんの話かな？ 結婚のことだったら、……」

とフランス語で言った。

勉江の視線はぼんやりと記憶の彼方を彷徨っている。パパが筆を摑んでササッと何かを和紙に書いた。そして、それをこちらに高々と掲げてみせた。

「賛成」

とパパが日本語で言った。勉江が振り返った。

「どういう意味ですか？」

とリリーがパパに訊ねた。するとパパではなく、勉江が代わって答えた。

「結婚に賛成という意味よ」

それから勉江は俯き、数秒考え込んだ後、口元を僅かに緩めて再び微笑みを浮かべてみせるのだった。

## 8

ノノの匂いを嗅いでみる。ぼくの涙の歴史の匂いがした。仰向けになり、ノノを自分の胸の上に置く。徐々に目が覚めてきた。外の光りがうっすら明るい。夜が明けたようであった。もう一度、ノノに鼻先を近づけ、匂いを嗅いでみた。臭いというよりも独特の匂いがする。幼い日の自分はこの熊のぬいぐるみに顔を押し付けそっと涙を拭った。その当時の涙が染み込んでいるはずであった。イネスはきっと幸福な者に嫉妬を覚えたのであろう。だから、ノノを一緒に盗んだのかもしれない。整頓されたベッドの上で、主人の帰りを座して待つノノは澤凪家の歴史の象徴でもあった。ぼくは起き上がり、代わりにノノを枕元に横たえさせた。物言わぬぬいぐるみだったが、彼の声が聞こえた気がした。幼い頃の自分が声色を変えて喋らせている。

「ジュール。元気を出せ。ぼくがいる。ぼくはずっと君の傍にいるよ」

パパの月一の定期検診に付き合った。受診後、主治医のキニャール先生が説明をした。問診の時の印象が変わってきた気がする、と先生が言いだした。

「笑顔が多いのでいい傾向じゃないかなと思います」

様子を見ましょう、とキニャール先生は医者らしい慎重な意見で締めくくった。確かにこのところ笑顔が増えた。パパの病状が好転しているような気もする。前回の発作からひと月半が過ぎているが、あれ以降、健忘症状は起きていない。夕食を食べた後も健康的な笑いと会話が尽きない。そして、最後は必ず勉江の話題となった。食堂のこぢんまりとしたテーブルの端っこでお茶をすすりながら、

「パパが手料理をふるまうからさ、勉江たちを招待しないか？」

と言い出した。

「いいけど、和食、食べるかな？」

「いや、もちろん、中華だよ。日本の中華料理だけどね。でも、きっと彼女らの口にもあうはず。酢豚に、餃子だろ、麻婆(マーボー)豆腐、蟹(かに)スープ、青椒肉絲(チンジャオロウスー)、八宝菜、カタ焼きそば、チャーハン、焼売(シューマイ)、なっ、パパの得意料理ばかりだろ？　きっと驚くな」

パパは一人ではしゃいでいる。「漢字」の次は「中華料理」、パパらしいアイデアであった。ぼくは予め遺品の宝石類が詰まった鞄を用意しておいた。中から小箱を二つ取り出しテーブルの上に並べた。微笑んでいたパパの顔がまるで電球が切れるみたいな感じで、すとんと暗く落ち込んだ。

「分かる？　これ？」

パパはその一つを摑み、中を開けた。腕時計が入っていた。それを取り出し、じっと見つめる。もう笑ってはいなかった。パパの頭の中に古い何かの記憶が浮かび上がったのであろう、目を閉じる。そして、歴史の螺子(ねじ)が巻かれはじめる。脳の奥深くに仕舞い込まれていた古い記憶装置の重い蓋が静かに開けられていくような感じで、ゆっくりと瞼が開いていった。目の焦点が少しずつ結ばれていく。そこに鈍色の古めかしい光りが宿っていった。パパは、半開きの口を一度閉じ、生唾を飲み込むと、口をかすかに動かし、何か言葉を紡ごうとしたが、吐き出せず、それをごくんと口腔(こうこう)に溜まった唾液と共に飲み込まなければならなかった。

「……こ、これ」

とパパは立ち上がって悶えながら言った。手を伸ばし、別の箱を摑んだ。指輪が入っていた。パパの目が大きく見開かれた。

「これ、ママのだな」

「うん、その通り。覚えてる？」

「もちろん」

パパは指輪を取り出し、しばらく眺めた後、言った。

「昔、一緒にサン＝ジェルマン＝デ＝プレの路面店で買った。プレゼントした、誕生日に。ええと、あれはたぶんママが三十歳の時じゃなかったかな。奮発して買ったんだ。

とっても喜んでくれた」

　パパはそこまで告げると、口を閉ざしてしまった。あまり刺激してはいけない。でも、もっと訊いてみたいことがあった。

「これはどこで見つけた？」

「パパがどこかに仕舞っておいたんだよね？　アンジェラが見つけたんだ」

「アンジェラが？　どこで？」

「分からない。あのひと、やめちゃったから。どこに仕舞っていたか思い出せるかな？」

　パパは振り返った。食堂の奥にクローゼットがあった。書類とか、カメラなどの機材とか、書の道具など、いろいろなものが仕舞われてあった。

「ここ？」

「いいや、こんな分かり易い場所じゃない。隠したことは覚えているけど、どこだったか思い出せない。思い出したくなくて、絶対探し出せない場所に仕舞い込んだような気がする」

「これだけだった？」

　ぼくはオレンジ色の箱を全て出してテーブルの上に並べてみせた。蓋を開けるとネックレスが出てきた。小さなダイヤがちりばめられている。パパは首を振った。

「覚えてないな。もう、どうでもいい。必要のないものばかりだ」

パパは崩れ落ちるような感じで椅子に座り込んでしまう。腕組みをし、目を閉じてしまった。口がへの字にぎゅっと結ばれている。語りたくないという意思表示であった。

「パパには必要ないものかもしれないけど、ぼくには大事なものだよ。パパとママはうまくいってなかったのかもしれないけれど、ぼくにとっては世界でただ一人のママだ。代わりはいない。彼女の遺品は大切に保管したい。他にあったかどうか思い出してほしい」

パパは目を開けた。

「これだけあれば十分だろ」

と吐き捨て、残っていたお茶を口の中へと流し込んだ。パパがこの鞄にママの遺品を入れたのだとすれば、中にあった手紙も読んだことになる。少し悩んだが、手紙を取り出しパパの前に差し出した。俯いていたパパの顔が持ち上がり、視線が封筒へと注がれた。腕時計を見た時よりいっそう険しい目つきになった。パパは記憶を辿り直すような感じで、丁寧に封筒を開き、用心深く便箋を取り出した。そして、文面に記された歴史を遡りはじめる。顔中の皮膚、或いは耳、眉間や瞼が内容に呼応して微細に動きはじめる。パパはあの時代へと戻っていった。様々な記憶の残滓が脳裏を過っていくのであろう、瞬きの回数が増えた。あの日を思い出しているのに違いない。あの日、そう、ママが死んだ日……。

　パパは乾眠期の water bear さながら動かなくなった。あの日のことが蘇っているのであろう。身体は微動だにしないが瞼が微細に震えている。何かを辿るように、彼にしか見えない映像を追いかけるような、細かい振動が続いた。処理能力を超えて計算し続ける古いコンピューターのような状態。このようなパパを見たのははじめてのことだった。せっかく病状に改善の兆しが見えてきたというのに、なんてことをさせてしまっているのだろう。でも、動き出した記憶中枢の再生を止めることが出来なかった。開ききったパパの目の網膜の裏側にどのような映像が結ばれているのか知りたかった。死んだママは、生きているパパの壊れた記憶の中でまだ生き続けていた。クリプトビオシス。死んだ乾眠状態にあったママがじわじわと動きはじめる。パパの脳の中で死んでいたはずのママがむくむくと膨らみはじめる。それはパパの脳細胞を突き破り、どんどん膨らんで、頭蓋をも突き破って、パパの後頭部から這い出してきそうな勢いである。食堂のいつもの籐の椅子に座し、頭を僅かに擡げ、やや前屈みになっているパパ。生きているのにまるで死んでいるようにも見える。時折瞬きをしたが、僅かに開いた口から言葉が発せられることはなかった。

「……パパ」

　しばらく様子を見てから、呼んだ。二回ほど、パパ、と声をかけてみた。すると、黒い瞳が微細に動いた。もしかして、発作が起きているのだろうか？　ぼくを見ているパパの目の焦点があっていない。

「大丈夫？　へんなもの見せてしまったね、ごめん」

「へんなもの？」

「ママからの手紙」

「ああ、これか」

　パパは便箋をテーブルの上に置いた。

「すっかり忘れていた。というのか、記憶を消し去ろうとしていたのかな。どこかに置き去りにしたままだった。あの日、あの日というのは事故の前の日だ。葉子はこれをパパに手渡した」

「その後、事故に？」

「たぶん」

　ぼくは手紙を摑み、読み返した。行間にママの苦悩というものを読み取ることが出来た。好きな人が出来て苦悩したママの気持ちをぼくは理解することが出来た。でも、その時パパはどうだったであろう。この手紙を読んだその日のパパはどのような気持ちだったろう。不意に予期せぬ現実を突き付けられたのだから……。

「パパ」

パパはぼくを見た。ママを見るような目で。

「充路。思い出したことがある。長いことそのことをずっと心の底に沈めたままにしておいた。その、誰にも話したことがないけど、きっと……」

パパの手が震えている。ぼくはその手を上から摑み、摩った。パパは驚き、ぼくの方へ視線を向け直した。顎を引き、目を大きく開いて、ぼくを見つめてくる。

「大丈夫？」

パパは小さく頷いた。

「もしかするとあの二人を殺したのは自分かもしれない」

驚くべき一言であった。耳を疑った。どういうこと？　と訊き返した。パパは脱力し、再び項垂れてしまう。そして、僅かに頭を擡げた状態で、

「あの事故の直前までパパはママと電話で口論していた。二人ともかなり興奮していた」

と告白しはじめた。

「警察から伝えられた事故の時間と重なる。葉子が珍しく興奮して取り乱していた。リシャール・マルタンの声が聞こえた。子供はどうするんだ、とパパは訴えた。それとこれとは話が違う、とママは叫んだ。そいつに代わってもらえないか、と頼んだ。だめよ、運転中だから、とママは日本語で、いや、違うな。……フランス語で男に聞こえるよう

にその部分だけはっきりと言ったんだ。それで、若いパパはカッとなって怒鳴った。口汚い言葉でママを罵った。黙るんだ、とリシャールの甲高い声が聞こえた。やめて、放して、とママが言った。その直後、電話が切れた……」

「電話を切った後に事故があったと？」

「分からない。電話が切れたかどうかさえ思い出せない。何がそこで起こったのか。もしかしたら、事故は電話の最中だったかもしれない」

「警察は調べなかったの？　通話記録とか」

「調べたよ。でも事故の正確な時間は誰にも分からない。最終的に、事故は夜中から明け方までの間の数時間内で起こった、と結論付けられた。検視の結果、二人とも即死ではなかったみたいだし、目撃者すらいなかった。思い当たることはないか、と訊かれたけど、パパは嘘をついた。電話をしたが変わった様子はなかった、とだけ言った。……ジュール、思い出した。パパは嘘をついたんだ。ママは明らかに取り乱していた。ママはずっと変だった。何か月も、何年も様子がおかしかった。なのに、パパは一方的に彼女を叱った。何度もあの後思い返したことだ。彼女は悩んでいた。そのせいできっと心が擦り切れてしまったのじゃないか、と思う。推測だけど……」

「でも、それが事故の原因とは限らない。運転していたのはマルタン氏だ」

パパは頭を抱えて何度も小さくかぶりを振った。パパは記憶と格闘していた。それ以上、思い出させる必要はなかった。もう、遠い昔のことだし、誰もが知りたいことではない。ぼくは立ち上がり、今、目の前で生きているパパを抱きしめた。

「もう、十分だよ。ごめんね、思い出す必要のないことだった」

と告げた。パパは力を抜き、ぼくが身体を離すと、次の瞬間、むせび泣きはじめた。ぼくが抱きしめたからだろう、まもなく、堰を切ったように泣きだした。悲しみが溢れて止まらなくなったまるで十歳の子供のようであった。

「パパはどうして泣かないの？」

と子供の頃に質問したことがあった。

「そりゃ、決まってる。もし、パパが十歳の子供のように大泣きしたら、いったい家族はどう思う？　途方にくれないか？　大黒柱のパパが子供のように泣くんだぞ、ショックじゃないか？　だからパパは絶対に泣かないんだ。そう、決めてる」

「いつ、いつ決めたの？」

「お前が生まれた時だ」

幼いぼくの記憶に残るパパとのやり取りであった。その時、ぼくらは運河のほとりを歩いていた。学校帰りであった。

「ついでに、パパはその時からハンバーガーを歩きながら頬張るのをやめた」

「なんで？」

「お前が生まれてくるんだ。もうパパは子供じゃない。責任ある大人はそんなことをしちゃいけない。だから、それ以降、ハンバーガーは座って食べることにした」

ぼくはなんとなく嬉しかった。自分が生まれたことで、パパが大人になったのだということを知って……。

「他にもある」

パパはぼくが生まれてからの自分の変化について語りはじめた。いつか、自分にも子供が出来たら、パパと同じことをしよう、と決めた。ハンバーガーは歩きながら食べちゃいけない。人前で号泣しちゃいけないんだ、と……。

泣いているパパを見ながら、ぼくは思い出していた。きっと、パパは子供に戻っていくんだな。人間は子供から大人へと成長するが、大人を頑張って続けた後、人は再び子供に戻り、最期は赤ん坊へと回帰するのだろう。

## 9

　イネスが退院したとパオラから報告があり、ぼくは彼女に会うために再びバニョレ地区にあるパオラが暮らすシテ集合団地を訪ねた。バイクは停めておくと盗まれそうだったからバスを利用した。日曜日の午後のことで、壁やシャッターには落書きが溢れていたが、街角に人影はなく、長閑な陽だまりが街路樹の下や歩道の一角を暖めていた。晴れていたが気が重い訪問であった。どのように着地させるべきか、悩みながら、シテの階段を駆け上がった。エレベーターが引っ越しで塞がっており、階段を上るしかなかった。途中、ヒスパニックの若者たちが占拠する踊り場を通ることになる。誰かが、中国人、とぼくの背中に向けてぶつけてきた。嫌な笑い声が弾けた。ぼくは足元だけを見つめて上り続けた。

　狭い居間にはパオラとイネスの他にアンジェラとイネスの兄がいた。アンジェラとイネスの兄はソファに座していた。イネスとパオラはテーブル席に並んでいた。アンジェラはぼくと目をあわせようとしない。ぼくはイネスと向き合う恰好で彼女の正面に陣取った。イネスはずっと俯いていた。パオラが『イネスは心的障害を抱えている』と電話で前もって伝えてきた。出来るだけ、穏便に済ませてほしい、とのことだった。もちろんだよ、とぼくは彼女を安心させた。ここでイネスを責めてもしょうがない。ぼくが知りたかったのは、ママの遺品はどこにあったのか、ということと、他に何かなかったか、という二点……。ところがこの話題をパオラがふるなり、私は盗んでない、とイネスが声高に主張しはじめた。俯いたまま、何度もかぶりを強く横に振って、私じゃない、私じゃないわよ、と叫んだ。落ち着かせようと、パオラがイネスの肩を抱きしめる。俯くイネスは涙を流している。

「私じゃない。私はお金も盗んでいないし、何も盗んでない」

と言い張った。

「イネス、誰もお前を責めないから本当のことをちゃんとジュールに説明しなさい。みんなお前の味方だよ。警察に突き出すことなんかしない。でも、このままほっとくことも出来ない。あれがお前のトランクの中から出てきたんだから」

「私じゃない！」

イネスは間髪容れず否定した。

「ずっとこんな調子なの。この子が認めない限り、どこで見つけたのか、他に何かなかったか、分からない。私もコロンビアに帰れない」

イネスがパオラに顔を向けた。血相を変え、

「何度でも言います。私はやってない。お金も宝石も盗んでないわよ。泥棒扱いしないで！」

と大声を張り上げた。

「イネス。分かったから、でも、悪いことは悪いことだ」

イネスの兄が立ち上がり、優しく諭すように、告げた。

「謝ってこの問題は終わらせた方がいい」

イネスが立ち上がり、目を吊り上げて、

「だから私はやってないんだってば！」

とスペイン語で叫ぶなり、お茶の入ったカップを力強く手で払い除けてしまう。水しぶきがあがり、ぼくのTシャツが濡れた。パオラが立ち上がり、興奮収まらないイネスを抱きしめた。イネスの身体が、手先が、顎先が、全身が小刻みに震えている。

「泥棒扱いされて、あいつらに暴力ふるわれて、なんてところなの？　これだったらコロンビアにいた方がずっとマシだった。なんで、私をここに呼び寄せたの？　いったい何のために？　私を泥棒にするため？　いいかげんにしてよ！」

イネスがパオラを押しのけた。パオラがバランスを崩し倒れてしまう。

「イネス！」

兄がイネスを制止しようとした。彼女は泣きじゃくりながら部屋を飛び出してしまう。ぼくは跪き、背後から、倒れたパオラを抱き抱えた。ドアの閉まる激しい音がした。ドアの向こう側からイネスと彼女の兄の激しく言い合うスペイン語が届く。

「ジュール、ごめんなさい」

「でも、イネスは大丈夫かな」

背後から、あの、とぼくらを呼ぶ声がした。アンジェラを振り返る。彼女は部屋の中央に一人立ち尽くしたまま、俯き、暗い顔をしている。

「盗んだのは私です。あの子のトランクなら分からないと思って」

パオラが反射的にぼくを押しのけ、飛びかかる勢いでアンジェラの頬を渾身の力で平手打ちした。ママ、と子供たちの声が弾ける。覗いていた二人の幼い子らが室内に飛び込んできて、倒れこんだ母親に抱き着いた。それでもパオラの怒りは収まらず、

「あの子を殺すつもりなのか？」

と大声を張り上げた。パオラの足先がアンジェラの腹部を蹴り上げた。幼い方の少年が驚き泣き出してしまう。それにつられてもう一人の女の子も泣いた。

アンジェラは床につっぷし脱力したまま動かない。パオラの夫、リカルドがやって来て、何があった、と騒ぎだした。奥の部屋にいた数人がドア越しに室内を覗き込んでいる。パオラは怒りをぶつけるようにリカルドの胸を小突いた。

「リカルド、お前もこの子の共犯か？」

「は？　なんだ？　急に何の話だ？　知らんよ、知らない！」

パオラは再び倒れているアンジェラに摑みかかった。

「なんてことするんだ！　この裏切り者」

「……お金が必要だったの」

「お前がやったことは泥棒だ。イネスを苦しめた。あの子のことを考えたことはないのか？　あの若さであんな目にあって」

「何があった？」

リカルドが振り上げたパオラの腕を摑んだ。パオラは夫の手を振り払って、その胸を今度は両手で突き返す。子供たちがいっそう声を張り上げて泣き出す。年配の女性が入ってきて、子供たちを奥の部屋へと連れ去った。

「アンジェラ。あの鞄の中にノノを入れたのはなぜ？」

アンジェラが眉間に皺を集め、小首を傾げたので、ぬいぐるみだよ、小さな熊の、ぼくの大事なぬいぐるみだ、と付け足した。アンジェラは視線を逸らし、イネスのせいにしたかったから、あれも入れておいたの、とびくびくしながら告げた。なんて、馬鹿な、とパオラが掠れた声を絞り出した。

「アンジェラ。これで全部だった？　他に宝石や時計はなかった？」

「ありました。ネックレスが二つ」

パオラがびっくりするほど大きな声で訊いた。

「それはどこに？」

「売りました」

「なんてこと！　なんだって？　お前、なんてことするんだ！」

パオラはアンジェラの頬をもう一度叩いた。勢い余って、パオラはアンジェラに身体ごとぶつかってしまう。二人が床に転がった。リカルドが止めに入る。他の者たちも割って入り、二人を引き離した。くそ、なんてことするんだ。パオラの激昂は収まらない。足でアンジェラを蹴飛ばそうとする。リカルドがそれを止める。パオラはバランスを崩し、部屋の中ほどで倒れこんでしまう。お前は馬鹿だ。出ていけ。二人はここには置かない！　ぼくはパオラの背後に回り込み、起き上がろうとする彼女を抱きしめ制止した。

「もういい。それはもういいんだ。パオラ。落ち着いて」

ぼくは訊いた。

「アンジェラ、どこにあった？　この鞄」

「……お父様の仕事場の、その、暖炉の中です。捨ててあるのかと思って」

パオラが泣き出した。捨てる？　そんなわけないでしょ、隠していたんだよ。その部屋には入るな、と私は何度も言ったはずだよ。あんた泥棒が目的だったのかい？　コロンビア人の恥さらしだ！　泣きじゃくりながらパオラが何度も何度も大声を張り上げた。

そのとき、イネスの兄が戻ってきた。

「見失った！　何しでかすか分からない。みんなで手分けして探してもらいたい。足はまだ治ってないし、金も持ってない。遠くへは行けないはずだ」

と叫んだ。

＊

ぼくらは手分けして周辺を探し回った。パオラが子供たちと家に残り、携帯で全員を繋ぐ連絡係を担った。環状道路の方へと向かう者、高速の方を探す者、ジャン・ムーラン公園方面へと走る者など、数人の男女がばらばらの方向へと走った。ぼくは土地勘がないので遠くには向かわず、シテ周辺をグーグルマップを頼りに探し回った。団地以外は低層の一軒家が連なっており、パリ市内の歴史的風景とは異なる。道も狭く、空が広くて、どちらかというと日本の郊外の住宅地の風景に似ていた。低層の住宅が続く下町のような場所を抜けると広い道の左右に近代的なビルが立ち並ぶ、新興の産業地区に出た。歴史的な建造物は皆無で一軒家かシテか産業ビルばかりが視界を遮った。しかし、そそり立つ高層のビルに活気はなく、窓もほとんどがシャッターで閉ざされたまま。ビル群の合間に広々とした駐車場があった。ぽつぽつと車が停まっているが、人の気配というものがない。そのせいでまるでゴーストタウンのように見える。ぼくは中央に佇み、四方八方を見渡した。晴れているというのにその眩さが逆にそこを白々しく蜃気楼のゴーストタウンへと変えた。まるでコンピューターゲーム、たとえばマインクラフトの中にいるような奇妙な静寂が一帯を支配していた。若者も老人も少年も少女も誰もいなかった。ぼくは周囲を見回しながら駐車場を横断した。中ほどで立ち止まり、一度携帯を取り出し、パオラから何か連絡が入っていないか確認した。履歴に父からの着信があった。番号を押す。呼び出し音が鳴り響いた後、パパが出た。

「ああ、充路」

「パパ、どうしたの？　大丈夫？」

「いや、大丈夫だ。どこにいる？」

「今？　ちょっと郊外に来ているんだ。どうした？　またどこにいるのか分からなくなったの？」

「そうじゃない。思い出したんだ。お前が生まれた時のことを」

その時、駐車場の奥の方を横切る黒い小さな影が視界に入った。ぼくは携帯を耳に強く押し付けたまま、イネスの後を追いかけた。

「お前は十七区の産婦人科で生まれた。出産には、パパが立ち会った。医者と看護師とパパの三人がお前の登場を待ち受けた。ママはフランス語が喋れたけれど、パパはまるっきりだめだったからね。でも、通訳を入室させることは許されなかった。あの日は本当に大変だった。看護師さんが生まれてきたばかりの血まみれのお前を水道の水で洗った。手術室の横に取り付けられた普通の、ほら、トイレとかにあるごく普通の白い洗面台で若い看護師がお前の小さな身体をごしごし洗ったんだ。真っ赤な血が洗面台の中を流れていった。生々しかったけれど、お前の尊い命がそこにあった。三十年も前のことだ」

イネスが細い住宅地の光りが群がる路地へと曲がった。ぼくは急いだ。見失ってしまう。でも、なぜか電話を切ることが出来なかった。

「スーパーに卵を買いに行くんだけど、若い店員たちに囲まれ、笑われたことがあった。卵（les œufs）が通じない。冠詞が必要だなんて、あの頃は分からない。ウフと日本語的に発音していた。そりゃ、通じないな。で、仕方がないからさ、鶏の物まねをやって、やっと通じて、買うことが出来た。恥をかいたよ。ママにそれを話したら、笑われた。一日中、卵の発音を訓練させられた。でも、一番辛かったのはビザの更新だった。シテ島の警察に出向き、毎年更新手続きをやるんだが、これが書類審査とかなんだかんだ細かくいろいろとあってね、神経を使った。不法移民にフランス政府は頭を悩ませていたから、厳しかったし、そもそも対応自体酷かった。こちらの言葉遣いもお粗末なわけだからしょうがないけど、アジア・アフリカセクションという部屋にはアフリカ人とアジア人しかいない。民族衣装を着た大きなアフリカ人たちの間で小さな我々アジア人がいっそう縮こまって順番を待つ。下手すると六時間くらいそこで待たされる。朝一番で並び、夕方にやっと警察を出るという具合だった。ママは生まれたばかりのお前を抱えているし、警察は怖いし、パパのフランス語は最悪だし、しかも、そこはまるで難民キャンプのようで、いや、差別を受けているわけじゃないんだが、島国日本で生きてきたパパたちにはあまりに不慣れな、過酷な場所だった。何度も泣きそうになった。一枚どうでもいいような書類が足りないだけで追い返されたり、一度家まで取りに行かされたり、怒鳴られたこともある。相手からすれば怒鳴ったつもりはないんだろうけど、言葉のよく分からないこちらからすると、警官が怒っているようにしか見えない。なんで犯罪者でもないのに、こんな扱いを受けるのか、ってね。でも、それをやらないとフランスでは暮らせない。ここでは外国人なんだから仕方がない。ママは翻訳家を目指す第七大学の大学院生だった。パパは駆け出しの作家だった。最初の資格はビジターだ。翌年、毎年更新のビザに変更し、十年後やっと永住可能なビザの取得が出来た。でも、その間、毎年、警察の列に並ばなければならなかった。ビザが必要だった。ちゃんとした身分が必要だった。お金もなかったし、ビザがないと、部屋さえまともに借りることが出来なかった」

イネスが振り返り、ぼくに気が付いた。目を見開き驚いた顔をした。不意に走りだしたので、ぼくは携帯を摑んだまま、追いかけた。パパの声はもう聞こえなかったがきっと話し続けているのに違いなかった。イネスは暴行を受け傷ついた足を引きずりながらも、小さな歩道橋を駆け上がり交通量の多い大通りへと出た。オフィスビルの間を抜けて逃げていく。青空が眩しかった。

ぼくの脳裏にママとパパと三人で過ごした幸福だった時期のかすかな記憶が蘇る。モンソー公園でピクニックをした時の記憶だ。その思い出の中でママは笑っていた。青空であった。パパも笑っていた。きっとぼくも笑っていたのに違いない。大通りはまっすぐ環状線の内側、パリ二十区へと繫がっている。追いつける距離であった。すると不意に足を引きずるイネスが歩道の端で立ち止まった。ぼくは速度を落とした。笑う家族の絵が、イネスの背後に広がるパリ郊外の青空と重なった。楽しい思い出だった。よし、追い詰めたぞ、とぼくは心の中で呟いた。

「パパ、あとでかけ直していいかな？」

イネスをまっすぐに見つめながら、携帯を耳元に押し当て、パパに告げた。イネスは周囲をきょろきょろと見回している。五メートルほどの距離まで迫った。

「充路、どうしてこんなことばかり思い出すんだと思う？　幸せだったことを思い出す時って、なんでかな。……不幸な時なんだよ」

「パパ」

その時、イネスが反射的に歩道の欄干に足をかけた。真下を交通量の多い環状線が走っている。ぼくは思わず立ち止まった。

「イネス！　待て」

ぼくは手を広げた。ぼくを振り返る彼女の身体が宙に浮きそうになった。物凄い速度で車が行き交っている。物凄い速度で記憶が過っていく。ママもパパも記憶の奈落へと落ちていった。何もかもが混ざり合って、動けない。意識がショートしてしまう。

「来ないで！　私は何もやってない！」

ぼくは立ち止まり、

「分かってる！」

と渾身の力で叫んだ。

「盗んだのはアンジェラだった。君を疑って悪かった。お金を盗んだのも君じゃなかった。あれはパパの勘違いだった。無実の君を傷つけ、しかも、怪我まで負わせてしまい、申し訳ないと思っている。もう、君を責める人間はいない。許してほしい」

イネスは口を半分開いたまま肩で呼吸を繰り返している。ぼくの言葉を理解出来ているのか分からなかった。飛び降りるべきか悩んでいるのが伝わってくる。ぼくはスペイン語に切り替え、もう一度同じことをゆっくり、一言一言丁寧にはっきりと言葉にしていった。

「心配しなくていい。……盗んだのは、……アンジェラだった。……君じゃない……」

　でも、その時、彼女の身体が、本人の意思とは別にグラッと傾斜し、不意に反り返りそうになった。バランスを崩したのだ。あ、と思わず声が飛び出し、反射的にぼくは飛びかかった。イネスは欄干を掴もうとしたが手が滑って、そっくり返った。なんとか落下する直前にぼくは彼女の腰に手を回すことが出来た。でも、彼女の身体は半分ほどが道の外、環状線の方へと迫り出している。両足で欄干の縁を支え、腹部に力を込め、落下しそうなイネスの身体を押さえ込んだ。腕が千切れそうだった。ぼくは歯を食いしばり、全身全霊で彼女を支え続けた。腹の底から大きな声が飛び出した。イネスの叫び声も続いた。意識が朦朧とする。人間一人の重みがのしかかってくる。

「充路！　どうした？　充路？」

　パパの声がかすかに届く。懐かしい音楽のようだった。

「充路！　充路！」

　イネスの命を救うために、ぼくは掴んでいた携帯を離した。携帯はゆっくりと落下した。ぼくはしっかりとイネスを抱きしめ直した。落下する携帯は環状線の舗装面にぶつかり、部品が粉々に飛び散った。運が悪ければそれはイネスであった。その上をトラックが猛スピードで轟音を響かせながら通り過ぎていった。

## 10

「幼い頃から、ぼくには多くの不安があった。ママが死んだ後、パパに育てられたけど、パパ以外、この国には血の繋がった人間はいない。だから、いつも、もしもパパに何かあったらぼくは天涯孤独になってしまう、と思って生きていた。君にはフランシスもいるし、ここに親戚が大勢いるじゃないか。でも、ぼくの場合、両親が日本人だからね、フランスに血縁者はいない。日本にはいるけれど、でも、頻繁に会ってるわけじゃないから、みんな遠い親戚みたいな薄い関係。小学生の頃、ぼくはパパが死んだ後の孤独を思っては毎晩のように悪夢に魘（うな）されていた。目が覚めるとぼくは泣いていた。でも、パパのベッドに潜り込むことは出来ない。だから、ずっとノノを抱きしめて寝ていた。あの不安が今のぼくを形作ったといっても過言じゃない。だからこそ、ぼくは家族を早く持ちたかった。自分の子孫を作れば孤独になることもない、と考えた。血は大事だ、と思うようになる。この国に自分の血を分けた人間を増やしたい。家族と幸せに生きたいと願った。或いは君以上に当時のぼくは結婚を欲していたといってもいい。なのに、なぜ二の足を踏むのか、これが分からない。一つには自信がないのだと思う。ずっと不安を抱えて生きてきたせいで、本物の幸福を本当に持つことが出来るのか、と悩んでしまう。説明がとっても難しいけれど、憧れを強く持っていたからこその反動のようなものがあるのだと思う。幸せな家族を持ち、ほら、トルーヴィルで出会った浜辺の四人家族のような、ああいう絵に描いたような幸せを持つことが出来るのだろうか、という新たな不安にいつしか怯(おび)えるようになった。君はきっと今の自分には申し分のないパートナーだと思う。今後、君以上にぼくを求めてくれる人は現れないと思う。いや、もったいないくらいにベストな相手だよ。このチャンスを逃したら一生後悔するんじゃないか。でも、分からないんだ。怖い。そこへ踏み出せるのか、踏み込んでいいのか、が分からない。それと、もう一つはパパのことだ。ぼくが幸せになると、パパが安心して死んでしまうような気がして仕方がない。パパは、ぼくがいなければこんな世界に長居する意味なんかない、というのが酔った時の口癖だった。ママが死んだ後、彼はもうこの世界に未練なんかなかった。唯一、ぼくのことだけが心配だった。彼こそ、実は死んだように生きてきた人間と言えるだろう。ママが君のお父さんと一緒に天国へ行った後、残されたパパの目的も消えた。でも、未成年のぼくが、親戚のいないこの欧州でぼくが生きるための礎(いしずえ)を作らないとならない。それが唯一この二十年、彼の強い使命であったはずだ。それまでは自分勝手に死ぬことは許されない、とパパは考えていた。書きたい小った。ぼくがパパを必要とすれば、パパはこの世界でもっともっと生き続けることが可能な気がしてならない。ぼくの幸せな姿を見たら、もう自分の役目は終わったと思うだろう。パパは君とバトンタッチをしたいんだ。早く役目を終えたいんだと思う。次の世界への旅立ちの準備をするに違いない。それが怖い」

「言いたいことはよく分かる。いいえ、君が言いたいことの半分ほどは分かるけど、半分は全く理解出来ないというべきかな。もしかしたら、ふりをしているだけで、君のこと全然理解出来ていないのかもしれない。でも、そういう風に悩んじゃってるのなら、それはもうしょうがないことだね。私、悩みのない人がいい。一途に私のことを、万難を排して守ってくれる男の人がいい。それが家族の条件？　愛がなくなった、と判断をしたからこそ、君のママは私の父に走ったのでしょ？　愛は繋ぎとめるものじゃなくて、常に更新し続けないとならないものだと私は思う。コンピューターのように。人間は、時間もだけど、つねに一つの場所に留まることは出来ない。だから、そこに居続けているとしたら、必死でそこに居続ける努力をしているのが本来の正しいあり方じゃないのかって思う。愛は努力とは違う。でも、魅力というのは磨かれて輝きを増すもので、だって、私たちはみんな欲深い人間なんですもの。美味しいものを食べたい、時には綺麗な恰好をしたい、と思うのは当たり前のこと。宝くじに夢を見る人を馬鹿には出来ない。

君のパパは愛を受け入れるものだと思い過ぎたのよ。愛されたいと願い過ぎたんじゃないの？　君のパパはとってもチャーミングな人だけど、きっと愛し方を忘れちゃったのよ。そういうタイミングでなぜか人は運命の犠牲になる。どっちが悪いという話じゃなくて、とっても人間的だってこと。あまりに人間らしいということだわ。別れなんか人間の勝手で成立しているものだから、これをとやかく言うのはナンセンスだと私は思うの。同じように、君が君のお父さんのことでぐだぐだと悩んでいるのも、私というフィアンセに対してとっても失礼なことだと思うけど、違う？　当たり障りなく人は生きていきたい。でも、実際はそうはいかない。面倒くさいものだらけのこの世の中だもの、それをいちいち心配していたら、ねぇ、いったいそれは誰のための人生なの？　私は勉江が大好きだけど、お互い自分一人でもやっていく、やっていけるという自信が大前提にあっての母子。そこが君たち父子とは違うところ。そういうところは中国大陸生まれのママに似て、私もとってもおおらかなの。生きることに肯定的なの。生きるために夢が必要だなんて、私は思わない。愛する夫がいて、愛すべき子供たちがいたら十分に素敵だな、と思う。そのことにひたすら向かうだけよ。仮に結婚もせずずっと一人だったとしても私は不安なんか持たない。そういう運命にきちんと従い、向き合い、最後の日まで人間らしく生き切ってみせるわ。だって、私という人間はこれだけ馬鹿でかい世界に在りながら、私という人間の存在は、私一人にしか与えられてないのだから」

＊

夏の終わり、ぼくは実家に戻った。引っ越しはマークアレクサンドルをはじめ地元の同級生たちが手伝ってくれたので、あっという間に終わった。引っ越しの後の打ち上げはバスティーユ広場の近くの馴染みのカフェで遅くまで続いた。みんな心地よく酔っていた。小中高と同級生だった友人たちばかり。すでに結婚したり、中には子供のいる者もいた。でも、みんなぼくの幼少期、思春期を支えてくれた男友達だ。バスティーユ界隈で育ってきた気心の知れた幼馴染みである。ぼくらは乾杯を繰り返した。けれども、その席にリリーの姿はなかった。彼女はステュディオを借りて一人暮らしを開始した。左岸の、植物園の近くに。彼女とは夏の間に少し距離が出来てしまった。ぼくはその部屋をまだ訪れたことがない。もちろん、なんとなくだけど付き合いは続いているし、時々、結婚の話題も出る。なのに、二人の間には静かなさざ波が打ち寄せはじめていた。否定的でも肯定的でもないさざ波。なんとなく、打ち寄せては返す、よくない傾向の波だ。このままずるずるとボートが沖に流されていくようにぼくらの距離もどんどん広がっていき、やがて曖昧な別れが訪れるのだろうか。そうなったら、少なくともその大半の責任はぼくにあった。

*

寝返りをうつとギシギシと鳴った。鉄パイプ製のこのベッドはぼくが小学生の頃から使っている。大学生までここで寝ていた。スプリングのない硬いベッドだったので、高校一年に上がった時にパパがテンピュールのマットをプレゼントしてくれた。低反発のマットレスのおかげで寝心地が断然よくなった。バレーボールクラブに入っていたし、身長がよく伸びたので高校生になってからは、ちょっと身体を折り曲げて寝なければならなくなった。足はすぐにベッドの外へと飛び出した。それでも寝心地は悪くない。そこで再び寝るようになって不思議な現象が起きるようになった。幼い頃の自分が夢によく現れるのだ。その頃の若いママも一緒だった。なぜかよく分からないのだけど、夢を見ているぼくがどうやらその子の父であり、その人の夫のようであった。つまり澤凪泰治その人。時々、ママがリリーになったりした。今と昔がごちゃ混ぜになった。目が覚めるとぼくは自分の心情を投影したような夢に苦笑せざるをえなかった。人生は繰り返しなんだな、と思った。ぼくとリリーの間に男の子が生まれたら、きっとぼくのような人間になるのかもしれない。その子が大きくなった時、彼はぼくのことをどんな風に思うのだろう。やっぱり血の繋がりは大事だと思うだろうか？　それともさっさと家を出ていくか？　パパは中学生の時すでに東京で寄宿生活をはじめている。パパは親離れの早い子供だった、とよくけしかけるように自慢した。幼い頃のぼくは内向的だったので、パパはとても心配し、冒険だの、ロマンだの、そういう言葉を持ち出してはぼくに熱く語って聞かせた。ともかく、夢の中で幸せな時代の家族に会えるので寝るのが好きになった。父の世話をしながら、ぼくは食堂で小説の手直しをした。物語の中に吐き出せない気持ちを込めていった。死んだ思い出を小説の中で生き返らせる仕事だった。実家に戻ってから、作家になりたいといっそう強く思うようになった。

＊

新しい携帯の目覚ましに起こされた。また、ママの夢を見ていた。学校に行く時間が迫っている。夢を反芻しながら、キッチンに水を飲みに行くと、ちょうどイネスが食洗機の中の洗い終わった食器を棚へ戻しているところであった。イネスはぼくに気が付くと笑みを浮かべ、

「ボンジュール、ムッシュ」

と言った。

「コーヒー飲むかい？」

　ぼくが問うと、イネスは素早く笑顔で数度頷いてみせた。ぼくはコーヒーマシンのスイッチを入れた。イネスが洗い終わったばかりのコーヒーカップを二つぼくに差し出す。彼女はテキパキと手際よくカップや皿やフライパンなんかをキッチンの棚のそれぞれの収納場所へと仕舞っていった。週に五日、午前中いっぱいの仕事を頼んだ。前もって頼んでおけば、コロンビアの家庭料理を拵えてくれた。美味しいと褒めたら、母親に習ったのよ、と嬉しそうに自慢した。稼いだお金のほとんどをイネスは入院中の母親に仕送りしている。とりあえず、よかった、とぼくは思った。落下して台無しになった携帯のことを思い出し、苦笑しながら……。

「おはよう」

　コーヒーを淹れているとパパがやって来てぶっきらぼうに言った。

「充路、学校に行くなら、オデオンで降ろしてってほしい」

「ああ、いいよ。ギヨームのところだね」

「いいや、違う。今日は勉江とお茶するんだ」

　ぼくは驚き、パパを振り返った。淹れていたコーヒーがカップから溢れ出してしまった。は？　なんで？

「最近、時々会って筆談しているんだよ。ま、今日はついでにギヨームのところに寄って仕事の打ち合わせもするけど。いや、実は勉江にギヨームのところに預けてある書をちょっと見せたいなと思ってさ。ほら、ついでだから」

「飲む？」

「ああ」とパパは淹れたてのコーヒーを受け取った。

「いったい勉江と何を話しているの？」

「別に。人間、話し相手は必要なんだよ。同じような時代を生きて、同じようなことを経験し、同じようなことで悩んで、同じようなことで幸せを感じる人がいるというだけで、なんとなく大丈夫な気がするものだ。特に年を取ると、同じ方向を一緒に向いてくれる伴走者が必要になる」

　パパの言葉が心を軽く揺さぶった。勉江もパパもずっと一人で子供を育ててきた。二人には言葉にしないでも分かり合える何か、同時代人的な世代観のようなものが共通するのかもしれない。彼らがカフェのテラス席を陣取り、漢字だらけの小さなメモ帳を交換しあっている絵が頭の片隅を擽った。

「人間は余計なことをたくさん喋るから結局揉めるんだ。言葉少な、がベストなんだよ。筆談は楽しい。漢字が持つ豊かな広がりを僕らは楽しむ。フランス語で説明した方が負けというルールを作った。悪くないアイデアだろ？　パパと勉江は今とっても優雅な関係にあるんだよ。分かるかな？」

　ぼくは笑った。新しく淹れたコーヒーを食堂の掃除をはじめたイネスに手渡した。この子とも言葉少ない関係だった。でも、分かり合うことは可能だった。

「グラシアス、セニョール」

とイネスが言った。なぜ、リリーとは分かり合えないのだろう。言葉のせいかもしれない、とぼくは思った。

*

ぼくは時間が出来ると植物園に足を向けた。けれどもリリーを呼び出すわけでもなく、例の桜の木の下に腰を下ろし、なんとなく本を読んだり、物思いに耽(ふけ)ったり、リリーの研究棟がある方をじっと眺めたりしては時間を潰し、納得したら、こっそりオペラへと戻った。授業が終わった後、リリーと待ち合わせて食事をすることもあったが、昼間、植物園に行ったことは口にしなかった。言葉や取り決めを突き抜けたいと思った。言葉は窮屈だった。もし、言葉に負けるのであれば仕方がないと思った。愛という言葉をぼくは一度も口にしたことがない。そのことをリリーに指摘されたことがあったけれど、言葉で説明しないとならないのは本当の想いじゃない、とぼくは伝えた。彼女は軽く肩を竦めてみせ、

「でも、言葉にされないと何も届かないよ」

と言った。

ある日、秋のはじまりの頃、ぼくは陽だまりの中心で気が付いた。そうか。ぼくは今、乾眠期にあるのだ、と。目覚めるまで最小限の力で眠ったように生きているに過ぎない。愛を注がれ生き返るのを死なないところで待っている。頭で理解するのではなく、言葉で説明するのでもなく、たとえば、ここで大声を張り上げて歌いたいと思った。踊ったっていい。その思いが研究室にいるリリーに届かなくたって構わない。リリーに対する気持ちがぼくをここに連れてくるだけで十分だった。そして、光りを浴び、何かしらの思いが目覚めるのを待つ。この思い付きは抜群じゃないか、と思った。きっとある瞬間に、欲望を超えたところで、素直に彼女を受け止めることが出来るような。だから、そう思う時、ぼくは植物園まで歩くことにした。歩いては立ち止まり、雲とか、建物の窓ガラスに照り返す太陽の光りとか、シャワーのように降り続ける雨粒とか、セーヌ川の川面のきらめきなんかを見つめた。その一日を愛おしいと思うようにした。毎時間、毎分、呼吸をするたびリリーのことを思った。リリーへと向かう方法は無限にあることに気が付いた。その無限を全て経験してみたかった。近道ではなく、遠ざかっているのに近づいていくような出会い方を選びたかった。それがどういうものかやはり言葉でうまく説明出来ない。離れていないと見えない世界が、実はこの世界のほとんどなのだ。そして、そこかしこにwater bearはいる。

　おかしなことに、まさにそのような瞬間に携帯が鳴った。それはまるでテロを伝えるアラーム音のように……。見ず知らずの路地を彷徨う父の姿が一瞬脳裏を掠めていった。ぼくは驚き、我に返り、反射的に携帯を取り出し耳に押し当てた。

「もしもし」

　しかし、パパではなかった。番号を確認せず出たので、頭の回路が停止した。

「ジュール、君、今どこにいるの？」

「リリー？　パパだと思って、慌てたよ」

「知ってる。さっきからずっと見てたもの、君のこと」

　ぼくは携帯をゆっくりと下ろした。それから、もしや、と思いつき慌てて振り返ってみた。真後ろの、桜の老木の脇に、グレー色のポンチョを頭からすっぽりと被ったリリー・マルタンが立っていた。降り注ぐ初秋の光りの中心で、ごく自然な柔らかい微笑みを浮かべながら……。

# 解説

岩城けい

海外で子どもを育てると聞くと、どんなイメージをお持ちになるだろうか？　バイリンガル、混血、帰国子女、重国籍……。ステレオタイプなものも含めて、子どもについては、こういった一般的な面を多く想像されるのではないだろうか。それでは、親についてはどうだろう。国内で子育てする方たちとは一味違った人物像になるだろうか？　たとえば、世界を股にかけたビジネスパーソンにアーティスト。友人を招いての日本食パーティーでは立派にホスト役を務め、現地で鍛え上げた語学力でネットワークを広げ、いち早く地元コミュニティーに溶け込み、子どもの学校では行事にボランティアに大活躍……。

なるほど、周りを見回せば、そのような人ももちろんいる。しかし、三十年近くオーストラリアに住んでいるとはいえ、私自身はそのどれにも当てはまらない。そして、子育てで悩んだり、戸惑ったりしているところは、国内で子を産み育てている人たちと全く変わりないように思う。

思えば、生まれ落ちたときの私たちは、国や文化、家庭環境から経済状況など様々な、複数の糸に繋(つな)がれたマリオネットさながらだ。人生のある時点までは、この糸に養われ、無意識に操られもして過ごす。やがて心身ともに成長するにつれ、糸に繋がれたまま宙にバランスよく吊り下がることを憶(おぼ)え、その指先までをも思いのままに動かすことができるある一点に到達する。そうして生身の人間となって頭をもたげたとき、私たちと同様、宙吊りの極致からこちらを窺(うかが)う他者とまなざしを交わす。異なる糸に引かれど、その動きは本人の意思による、自分と同じ自由な人間だと確かめ合うために。そのようなまなざしの交差点に近づこうとして本を読むならば、海外という異次元と、親子という人類の普遍を軸にしたこの小説は、そのなかの一冊であると私は思う。

日本人の両親のもと、フランスで誕生した主人公の「ぼく」の名は「充路(ジュール)」（すてきな名前である）。フランス語の響きに日本読みの漢字を当てているところは、二つの国を背景に生きていくことの徴(しるし)づけのようにも見える。二つの国というなら、ジュールのパパだって負けてはいない。息子が異国に生まれた人なら、父親は異国で生まれなおした人だ。

実家のお手伝いがなく友人知人もいない土地での子育ては、それが何処(どこ)であれ、何かと密室育児になりやすい。しかも、ジュールの父親は小説家・書家という職業柄、家にいることが多く、現地に足掛かりを見つけるきっかけを見逃しがちかもしれない。また、そのようなライフスタイルを選ぶ人が、生来社交的だとは想像し難い。加えて異国である以上、そこへ文化や言葉の壁といった孤独の層がいくつも積み重なる。社会とのつながりを絶たれた修練場で、子に親の国の文化やしきたりを伝えることが親の役目にもなるのが、海外での子育てに関する特徴のひとつと言えるかもしれない。作中でも、息子の国には自生しないものを移植し、親子に共通の土台を用意しようとする父親の姿は、多くの在外邦人の親たちのそれと重なる。和食中心の食卓（日本食材は割高のはず）、父子で旅行（日本への里帰り旅行は彼らにとっては海外旅行に匹敵する）というような回想は、日本国内ではごくありふれた光景と映るかもしれない。しかし、ひとり親でもあるこの父親にとっては、体力的にも精神的にも経済的にも、なみなみならぬ努力と覚悟を要したはずである。息子はそんな父親のことを「子煩悩」だとして、心から慕うのだけれども。

そうした親密な歩み寄りを通じて、父親は息子の国に、息子は父親の国に敬意はあれど、完全に寛（くつろ）ぐことはできないでいる様子でもある。さらには、ジュールは早くに母親を亡くしていて「フランスに親戚はいない。友達の少ないパパにもしものことがあれば、ぼくは一人ぼっちになってしまう」との危機感（幼い子どもにすれば、それは如何程（いかほど）のものであっただろう）から自分自身の存在を強く意識せざるをえない子どもだった。親子の祖国が違うことによる、ぐらぐらした不安定感の束が、私にはこの小説の水脈のように思えて仕方ない。そしてその源泉は、記憶に関わることであるような気がしてくるのだ。

もしも、記憶についてこの父子に尋ねたら、「幸せな思い出は小説にならない」と口を揃(そろ)えて返事されるかもしれない。妻の、母親の死を思えば、もっともだ。なぜなら、人は幸福なとき、記憶などあてにしない。だからこそ記憶は時間を経て、歪曲(わいきょく)されがちになる。その多くは、願望によって。まして肉親、かつて愛した人、または死者の思い出であれば、時間がたてばたつほど後光は増すだろう。その当時の自分と、当時を思い出す自分はすでに違っているゆえに、憶測も働くに違いない。加えて、家政婦パオラの教えに従い「人生は過酷なのが当たり前」で「幸せな人なんかいない」のが人の世とするならば、自分ひとりで生きていくなんて、凡人にはとてもできそうにない。子どものジュールが早くから自分の家庭を持つことに憧れたのも、そのような願望の表れであろう。そういった記憶がこの小説の大部分を占める。しかし、記憶との関わり方が親と子で違っているのは、そこに隠された願望のあり方が異なるからではないだろうか。

まず、息子のジュールは三十歳。語学学校で教えながら人目を忍んで小説を書いたり、恋人との結婚に二の足を踏むといった、一種のモラトリアム期間にある若者である。依然独立したひとりの大人にはなりきれておらず、「今」「ここ」「自分」といった至近距離で、全世界を構築している子どもの世代により近いのではないだろうか。さらに、常日頃から自分が生まれ育った街並みや部屋やモノに取り囲まれ、それらを記憶装置のように作用させることで、思い出を容易に引き摺り出すこともできる。一方、物語の終盤で恋人にも指摘されたように、生涯を通して、唯一の肉親であり、仲間でも同志でもある父親を求めてやまない。それは、息子の「ぼく」を主人公とし、さらには語り手としながら、小説のタイトルが「ぼくとパパ」ではなく、「父」である所以なのかもしれない。

これに対し、父親にとって記憶に値するものは、妻の死の衝撃のあと、息子と丁寧に築き上げた暮らしを中心に据えたものではないだろうか。まして大人になってから渡ってきた異国に、子どものころや青年時代を懐かしむ風景や人は見当たらない。

「お前が生まれてくるんだ。もうパパは子供じゃない。……だから、それ以降、ハンバーガーは座って食べることにした」との、父親のさりげなく、また印象的なセリフがある。先に私はこの父親のことを、異国で生まれなおした人、と言った。祖国を離れた彼ならば知っている。それまでの記憶や習慣、つまり自分自身を手放すことで、未来へ至る道があることを。たとえば失恋によって人は思いやり深くなるように、喪失こそが人生に深みを与えるならば、自分を失くしたパパは、国境にも歴史にも言語にさえもとらわれない、同化の達人でもある。そのことは、息子の恋人の母親と通じ合うことでも見て取れる。それと同時に息子という核を残して、周囲がぼやけていく。直近の出来事、場所、そして自分が誰だかわからなくなる。しかし、妻が死んだ日のことも、息子が生まれた日のことも思い出すことができる。長く生きることで徐々に自分を手放してきたからこそ、今では自分自身よりも他者のなかに自分の存在を感じ取るのだ。それは、子どものときの強烈で鮮明な記憶――自分そのものが中心にいる記憶にとらわれている息子との隔たりを、さらに大きくするかもしれない。それでも父親が息子を忘れることは決してない。異国でのすべてに関する記憶装置である息子は、その存在自体が父親の新たな故郷でもあるのだから。

そうしていまや、街中でしばしば自失するようになった父親と、そんな父親を必ず迎えに現れる息子がいる。それは、双方の願望が一致し、幸せな形で叶ったことの象徴ではないだろうか。あるとき息子の迎えを待ちながら父親が泣いていたのも、やがて、親のいないこの世界に息子が慣れること（子育ての最終目標は、親がいなくなっても生きていける子どもに育ててあげることかもしれない）をも予感させ、親子の隔たりを埋めて余りある、父子をつなぐ記憶の臍帯（さいたい）としての涙であろう。

親から子への、前の世代から次世代への、根を断たれた人から根付く人への、言葉を尽くしても伝えきれない心の機微を涙ひとつに込めたこの場面は、それゆえ巧みにして、この上なく美しい。

共同の洗濯場に物干し竿、嗅いだことのない夕餉(ゆうげ)の匂い、白人がいると思ったら集金にきた家主だった……。パオラたち移民の「アパルトマン」にも似た場所――オージー式にいうと、「フラット(共同住宅)」が目前にふと蘇(よみがえ)る。かつてそこに暮らした過去の自分を認めたとたん興味をかきたてられたのは、私と同じく味噌汁(みそしる)を毎朝飲んで育ったジュールとパパのアパルトマンのこと。クリーム色の建物に、両開きの窓が整然と並び、髪を無造作に束ねた女がひとり、そこを出入りするのを思い浮かべてみる。その外壁は肌荒れを起こしている彼女の顔みたいに、ざらっとして、どこかしっとりともしているのかもしれない。なぜなら、東京やシドニーで見かける、つるつるしたモダンな建物の表面からは、この小説にあるような叙情は生まれない。想像が想像を呼ぶ良書とは、時に読み手を消耗させるが、この作品はそんな力みや気負いを一切感じさせない。主人公の人となりを反映させた、一人称の素直で穏やかな語りと、作者が細部まで愛情深く描写したパリの街という舞台がそうさせるのであろう。

ぜひ、そういったこの作品ならではの気配にも浴しながら、遠い国の見知らぬ親子をより近く感じてほしい。読後、新しい記憶の内に、読む前とは違う自分に出会うことも、本を読む喜びのひとつだろうから。

（いわき・けい　小説家）

本書は、二〇一七年五月、集英社より刊行されました。
初出「すばる」二〇一七年一月号〜二月号
（「ぼくの父さん　Mon Père」改題）

## 辻　仁成の本

# 右岸（上・下）

茉莉ちゃんはいつもぼくの心の片隅にいてくれた――。一九六〇年、博多に生まれた少年・九と幼馴染みの少女・茉莉。出会いと別れを繰り返す二人の半生を描く傑作長編。

辻　仁成の本

## 白仏

筑後川下流の島で生まれ育った稔。戦後、亡くなった人々の魂を弔うため、島中の骨で仏を作ろうと決意し……。激動の時代を生き抜いた男を描く長編小説。フェミナ賞外国小説賞受賞作。

辻　仁成の本

# 日付変更線（上・下）

運命的に出会った日系四世のケインとマナ。祖父はともに、第二次世界大戦時、日系アメリカ人部隊の兵士だった。彼らは何を求めて戦ったのか。時空も国境も超え交錯する壮大なドラマ。

集英社文庫

集英社文庫

# 父（ちち） Mon Père

2020年７月25日　第１刷　　定価はカバーに表示してあります。
2022年10月19日　第２刷

著　者　辻（つじ）　仁成（ひとなり）

発行者　樋口尚也

発行所　株式会社　集英社
東京都千代田区一ツ橋2-5-10　〒101-8050
電話　【編集部】03-3230-6095
【読者係】03-3230-6080
【販売部】03-3230-6393（書店専用）

印　刷　大日本印刷株式会社

製　本　ナショナル製本協同組合

フォーマットデザイン　アリヤマデザインストア　　マークデザイン　居山浩二


ISBN978-4-08-744134-5 C0193